目次

河出文庫

人間滅亡的人生案内

深沢七郎

河出書房新社

人間滅亡的人生案内

人間滅亡的人生案内

前略、深沢七郎さま、ただの一度の面識もないわたくしが、かようなつまらない相談をするのをどうかお許しください。わたくしは当年二十五歳になる一サラリーマンでございます。一昨年、東京の某四流大学を卒業しまして、名もない小会社に入社して現在に至っている次第です。

わたくしは生まれてこの方、（いつからかはハッキリしませんので）何事にも期待せずむろんのこと自分の才能などにも期待しないで、ただただ毎日毎日、その時その時がたとえ楽しくなくとも苦しい思いさえしなければそれで良い、と思って生き続けてきました。だから、お酒はアル中に近いぐらいの酔っ払いですし、博奕は麻雀競馬競輪花札パチンコ何でも好きです。女は素人玄人を問わず、お金さえあれば玄人の女を、お金が失くなれば素人の女を……といった次第です。

もちろん、会社の仕事なども気が向かなければ、すぐにサボッて競馬へ行ったり、酒を飲んだり……といった有様です。こんなわけで、会社に入って一年半の間に三回程「始末書」を書かされています。もちろん、改悛の気持などサラサラなく、ただ単に形式的なものです。もちろん受け取る側も、そう思っていることでしょう。とりとめのないことを長々と書いてしまいましたが、現在のわたくしの悩みというのは次のようなことです。

第一にお酒の飲み過ぎの為胃カイヨウになってしまい時々喀血などもして、何より悲しいのはそのお酒が生理的にあまり飲めなくなってしまったこと。第二にやはりお酒の飲み過ぎのせいか性的能力が著しく減退してしまい、性行為が行なえないこと。（恐らく栄養失調からくるものと思われます。）このようにわたくしの好きな二つの大切なものが、わたくしの前から去りつつあるのがチョッピリ寂しくもあり、悲しい気持もするのです。ご感想をお聞かせ下さい。

石野茂之

石野茂之様

第1の質問の酒を飲み過ぎて胃カイヨウになって喀血するときなどもあるそうですが、そんなことを心配する必要はないと思います。もともと酒を好きで飲んだのですからそのための弊害、病気などを気にすることは貴君らしくないと思います。好きなことをして、そのために悩むなんてことはない筈です。そして、そのために好きな酒が生理的に飲めなくなったからとしてもそれが何より悲しいなどと弱音を吐くなんて、実に、主客転倒した考えではないでしょうか。胃カイヨウでもいいから酒を飲みつづけたほうがいいと私は思います。マズかったら飲まなければよいではないですか。マズイものを飲めないから悲しいということもない筈です。きっと、胃カイヨウなどという病気のために貴君はノイローゼになっているのだと思います。胃が悪いなどということを考えないで酒を飲むことです。おそらく酒が美味(うま)く飲めることと確信します。こう言う私なども下り腹痛のときなどは食事を特に多量に食べることにしています。そうして、それをつづけると直ってしまいます。勿論、食事がマズかったら食べません。そんなときはなるべく美味い食事を作って沢山食べるようにしています。

第2の性的能力が著しく減退してチョッピリ寂しく、悲しいそうですが、これも神経のためと思います。お酒の飲みすぎのせいかなどと弱音を吐くことが変なのです。それでも性行為が出来なければそれは結構なことではないでしょうか。人間は性行為のためにあらゆる方面にエネルギーを使う、つまり努力をしなければならないのですからその点だけでも生活が安楽になる筈です。ただ、貴君は性行為を求めるけれども出来ないのだったらガッカリです。そういう場合はあらゆる方法と研究で性欲を満足させることを考えるべきです。それにはいろいろの本が出ているのですから大いに研究して下さい。だが、現在の貴君のインポテンツは神経的なものだと思います。貴君はいまは酒、性、そのほかのことは考えないことです。

拝啓

実は、私、大学の文学部を出て、ある小さな出版社の編集者として一年半働いて、現在月給二万五千円をもらっている身でございます。悩みと申しますのは、他でもないのですが、入る前は、自分にむいていると思った編集の仕事が、どうにもつまらなくてならないのです。といって、他の何かに興味があるというのでもなく、恋愛の真似ごとみたいなことをしても、さっぱり夢中になれません。

そこでよく考えてみると、私はどんなことをしても熱中できないタイプのように思えるのです。たとえば友人にさそわれてダンス・パーティに行っても、踊ることがそんなに楽しいとも感じないし、かといって誘いを断るのもつまらないし、結局、その場に居合わせても、他人が楽しんでいるのを観察しているような結果になってしまうのです。

このような私ですので、集まりなどがあっても、友人たちはだんだん私を誘わなくなり、したがって孤立してしまうようなのです。どうも私は、この世の中で余計者のように思われてきて、生きていても仕方のない人間なのだといいきかせたりしています。かといって、自殺する勇気もなく、そんなあわれな姿を他人に見られるのもいやだし、どうしたらよいのか、まったくノイローゼのような状態になっているようなわけです。

　こんな私にとって、生きるに価するような何かが発見できますでしょうか。それとも、私と同じような倦怠感を抱いて生きている人が他にもいるものでしょうか、お教えください。何をしても駄目な人間は生きていく方法がないものでしょうか。かといって深沢さんのように畠仕事がしたいと思いません。父はいないのですが、母や兄たちは、頭をかかえている私を見て「家の中が暗くていけない」などという始末です。家出して一人で食べるだけの能力もないし、編集者も性に合わないようで、何年もやる気はないし、寝ていては生活できもしないし、結婚して男のドレイになるのは、さらに憂うつなことだし……どうしたらよいのでしょうか。

　勝手なことを書きました。

　馬鹿な女と笑わないでください。満二十四歳。私立大学では英文科を出ました。やや肥り気味ですが、外見からは、若さと美貌は人並みに持ち合わせている処女です。
＊どうか誌上は匿名でお願いします。

Y・O子

Y・O子様のこと。

まことにゼイタクな心配ごとではありませんか。太古時代は人間は少なかったので人間たちは集まりあったのです。現代は人間が多すぎるので離れたいと思っているのです。あなたは孤独になるのを不安に思っているらしいが私は羨ましいと思います。とても、とても恵まれている筈なのにもったいないことです。また、何事にも熱中できないタイプと言うのも羨ましいことです。ゴルフに熱中したり、ダンスに熱中したり、恋や酒に熱中すること、熱中することは麻酔薬の中毒と同じなのです。馬鹿らしいことなのです。熱中できないことはステキなことなのです。とんでもない心配です。生きるに価する何かを発見するなどとはとんでもない思い違いだと思います。ヒットラー、徳川家康、と大きなことをしようとした人たちは結局、なんのために努力したかわからないと思いませんか。生きていることは川の水の流れることと同じ状態なのです。なんにも考えないで、なんにもしないでいることこそ人間の生きかただと私は思います。ただ、生きていくには食べなければならないのです。だからお勤め仕事もするのではありませんか。仕事をすることは食べること以外に意味を求めてはいけないのです。編集の仕事が性に合わないと思っているようですが、どんな仕事でも仕事はツマラないのです。食べる報酬をもらうのですからね。ほんとにツマラナイことを心配したものですね。あなたは、案外、幸福に慢性になってしまったのではないですか。幸福に気がつかない、ゼイタクな心配なのです。

ぼくの人生をあなたの人間滅亡的人生案内でお話し下さい。人生相談ではありません。ぼくは相談ということのナンセンスをよく知っていますし、あなたもそうお考えでしょう。ぼくにあなたに考えていただく人生があるはずはないし、あなただって人のことを考えようなどとはお考えにならないでしょう。しかし、これからぼくがかくのは、ぼくの人生です。あなたがみるのはぼくの人生です。

人生を印刷すること、他人に自分をみせること、他人の心をぼくにひき寄せること、こんな楽しいことはありません。ぼくの人生には悩みがあります。それを文章でかきあらわすには、悩みをもった自分の行動をいちいちかいていった方がよくわかると思います。あなただけではなく自分にもです。

何事でも計画を書いてから実行したいと思う。音痴。五木寛之の小説にでてくる「やり手」のようになりたいと思う。うそをつくことがとてもうまい、そしてとても楽しい。デド（アメディオ・モジリアーニ）のような、ボヘミアン芸術家が好きである。勉強はほとんどしないおかげで成績はいつもクラスで最低。でも何ともない。それなのに勉強ができなくて（はじめられなくて）あせる時がある。先日、クラスの奴を二、三人呼びだして撲って一週間の停学。たばこをすっていたのもみつかって親に泣かれた。荒川修作や、アラン・ドロンみたいに淋しい男が好き。ヒュー・ヘフナーみたいなプレイボーイに憧れている。家出の計画をたてている。「和田誠の似顔絵」がかける。こづかいはＭＧ５（化粧品）でなくなってしまう。友だちはたくさんいる。Ｖ・Ｗ・カルマン・ギアにのってみたい。内藤洋子のブロマイドをみながらマスターベーションを行なう。走り高飛びが不得意で恐ろしいほど気にしている。170㎝・58kg・85㎝。昔（一年位前）三浦綾子の氷点でよく泣いた。その後泣かない。話の特集の記事を一つ一つレポートしている。絵画では天才的なものをもっている。ボクサーよりもボクシングが好き。卒業したら自動車の修理工になりたい。絵がかけないと淋しくなる。映画のラブシーンみたいなのをうまくやる自信がある。赤面恐怖の気がある。日記をかくと必ず一週間ぐらいで終ってしまう、あとで読むと必ず破いてしまうからだ。ジャズとくにブルースの明るさが好き。一週間に二度ぐらいは評論家気どりで銀座の画廊をまわっている。画家で有名になるような気がする。結婚はしたくないと考えている。ヒップに憧れているのでスクエアである。高所恐怖症の気がある。女は軽蔑してしまう。いつでも意識的である。暴力がとても恐ろしい。

本田光一（仮名）

本田光一様

貴君の生活態度は素晴しいのです。但し、ステキなうちにも矛盾したところもあるので美しいのと汚いのをわけてみましょう。

美しい点。

音痴であることについて。

音痴は結構なことです。人間は99パーセント音痴なのです。真の音痴というのは高い音と低い音の区別が出来ないのです。つまり音は聞こえるが高低がわからないことです。一般に音痴だというのは音楽的才能がないことを指すらしいのですが現代の流行歌手などもほとんどが音程が狂っていて、だいたい、あっているのです。エルビス・プレスリーなどもその意味では音痴なのです。クラシック声楽では作られた発声法で音を正しく出しているのですが、ほんとの歌の魅力は個性であって音程などはだいたいあっていればいいのです。正しい発声で歌う人が10人で90人が音程の正しくない人達の現代では、正しい発声法は音痴になるのではないかと私は思っています。片眼が90人で両眼が10人なら眼が二ツあるのが片輪者だと同じなのです。音痴だからこそ貴男は現代の歌手の唄う歌がたのしいのです。音痴で心配する必要はなく幸福なのです。

嘘をつくことがうまく楽しいこともステキなのです。堅物の野郎のなんと無味乾燥なことよ。ウソは悪用しないかぎりユーモアで幻想的で、此の世の矛盾から逃れることが出来るのです。

勉強しないこと――満員電車に他人を押しのけて乗る、そのことと現代の勉強は似ていませんか。勉強もたのしいほどぐらいにしているからいいのでいやな勉強はしなくてもいいのです。貴男は絵などについては勉強もたのしいようだからそれをうんとやりなさい。

小遣い銭のすべては化粧品代でなくなるなんて、とてもステキな生活です。
①友だちは沢山いる。②女優のブロマイドをみながらマスターベーションを行なう。③日記は長続きしない。④あとで破いてしまう。⑤結婚はしたくない。⑥暴力がとても恐ろしい。
右はもっとも当り前で普通です。

汚い点。

計画を書いてから実行するなんてバカです。なんでも計画どおりにならないものので、計画など立てるより気のむくままにすること。淋しい男が好きなんて変だ。好きな人物は自分より以外にないのだからヒトのことなんか考えるのは汚いことです。

走り高飛びが下手で気になるなんて変です。下手な者のほうが多く、上手な者は少ないのです。下手だから当り前で選手とか1位とかは奇形児だと私は思います。

赤面恐怖症は孤独な人生には必要のないものです。そんなのは世間とか社会とかの存在をみとめることです。およしなさい。孤独は赤面恐怖など追い払います。最後に修理工になろうという考えは立派です。ステキです。

評論家気どりで画廊などまわらぬこと。どんな絵でも自分より下手なのです。また、どんな絵でも自分より上手なのです。貴君は絵が上手だというけど絵は技術だけあればよいのであとは個性だけです。

僕は十八歳になって二週間たった高校生です。僕は今、何もしたくありません。自分が考えついたことを自分が本当に行動したいのかどうか自信がないのです。今だけじゃなくずーっとこうなのではないかと思い嫌になります。

僕は来年、大学を受験しますがその不安と焦躁が、こんな風に考えさせるのでしょうか？　もしそうなら大学へはいれば全ては解決されるはずですが、どうもそうは思われません。

こんな事を考えるようになったいきさつは受験する大学の科を選ぶときに、将来の仕事を決めなければと思い、何かを決めようと考えましたが、どれにも決められないのです。そして毎日の勉強、あるいはバスに乗って学校へ行くことから食べることまで、本当に、自分からしたくて行動しているのか、疑わしくなり、自分自身の思考に自信がなくなりました。

そして自分は一体全体何なのだろうか考えましたがわかりません。

ある先生に聞いてみると「人間は自分が何であるか等と言う事を考えたりはしない。パッと直感するのだ」と言いました。

その先生は社会主義者で活動家ですが、僕は彼がすごく立派か、それとも単純かだろうと思い、顔をまじまじと見るとやっぱり単純に思われました。

　今の生活は死ぬのが恐いから、だから生きているって感じでつまらないし、さみしい。人間社会にはコミュニケーションは存在しないようにも思われます。

　そして最後に、僕にアドバイスあるいは、サジェスション、また仕事の楽しさ、愛の喜び——何でも良いです。言葉をかけてください。

唐沢泰三

唐沢泰三様
貴君の生活態度は前に答えた本田光一君よりもステキです。生きていることは死ぬのが恐いからは満点です。なぜ生れて来たのかはお釈迦(シャカ)様もわからなかったのです。人生とは、何をしに生れて来たのか。それは、わからないのでいいのです。お釈迦さまはそれを悟ったのです。さとりを開いたのは「それはわからないことである」とさとったからなのです。大学を受験するのは将来の仕事をきめると思うのは否定します。大学はアクセサリーで、大学出という安心感があればいいのです。大学を出ても人夫。行商。トビ職。そういう職業をもう少したてば堂々とやれる時代になるでしょう。

貴君にかける愛の喜びの言葉なんてものは存在しません、ありません。アドバイスとしては何も考えないことです。何もしたくないそうですがそれが最高です。何かしようとする。何かすれば誰かが「悪いとか」「良いとか」認めます。何もしなければそれも「悪い」と言われるかもしれません。最高の生活でも態度でも社会という奴は妙な眼で見ます。社会的に偉いとか認められた人に私は好きな人物はありません。「社会が悪い」という言葉はそういうことに使う言葉だと私は思います。

以上、貴君のステキな生活態度にアドバイスはちょっと不必要かもしれませんが。

二十（はたち）になりたての女の子。

非処女。終了台。

同衾したのが十九の秋。

結論――破局
なまぬるく生きる事がキライだったわたし。

はりさけんばかりの生がほしいと涙ポロポロ流した、いじらしくもかわいかったわたし。

それが豹変。

ほんとうにすきな人と一緒にいて、なぜ悪いんだろうと思ったの。

一緒にいたら離れたくないよね。

時間よ止まれ！　になればいいと思うでしょう？

それがどうして制限時間があって翌日にはバカの一つ憶えみたいに仕事にいくの？

一生のうち一週間位愛する者同士がボケ〰〰としていたって、神様のバチ当らないと思ったの。

セックスも自認した。

かまわないと思ったの。
生れてから倖せとも不倖せとも別に感じなかった私。
それが二人でいる時、ほんとうに至上にポカポカッと倖せだと思った。
しかし、そんな生活は社会に適応しない。
続かない。
続けば天国。
現在——わたしは今でも心のあたたかみ残ってる。
彼は冷たく冷たくて冷蔵庫。
あかの他人。
なぜだかわからない。
気持がわからない。
今でもすきなのに。
自立精神の旺盛なわたしが、グニャッと弱くなった。
具体的に夢がなくなった。
未来が開かれない。
生きていたってつまらない。

世をはかなむ。

自分には何にも残って無い様な気がする。

指針がない。

意欲ゼロ。

世の男性を見るも煩わしい。

虚栄もくだらない。

毎日が毎日毎日、なぜ来るんだろう。

生きていく理由なんてないよ。

以前は文章書きたい夢があった。

今はダメ〰〰〰ン。

かたくなにひがんでインケンになって。

七郎さんは『生は放屁の如く』って持論だけど、放屁の原理だけで老いさらばえるまで生きていて平気？

ブナンな道を歩みたくない。

ボケ〰〰〰ッと旅にでたくなりました。

さようなら
二十(はたち)にして迷える女

迷える女さま

セックスも自認したというにはあまりにツマラナイことを考えすぎはしませんか。あなたは「ほんとに好きな人と一緒にいて、なぜ悪いんだろうと思ったの。一緒にいたら離れたくないのよねえ」と言っていますが、男や女は何故結婚するのかと言いますと、いつでもそばにいたい、いつでも顔をみたいから結婚するのです。男は女を、女は男を、そんな状態に思い込んだときに結婚をきめるのです。それは、両方とも、そういう状態に思い込んだときです。ところが、片方ばかりがそう思い込んで相手はそんな状態にならない場合は結婚しないのです。結婚出来ないのです。あなたの場合は後者のほうだと思います。「彼は冷たく冷たくて冷蔵庫」とありますがだからあなたはツマラナイことをいろいろ考えるのです。セックスを自認したあなたは彼が冷たいから少し精神が混乱しているようです。つまり、ツマラナイことなど考えるのはセックスが不足しているからです。便秘、不眠などと同じ状態なのです。あなたは誰でもいい、気のむいた男と同衾するのです。男などというものはいくらでも転がっています。男などというものは金を出しても女を抱きたいのです。だからあなたも冷たい冷たい冷蔵庫なんかの彼よりもっとほかの男をつかまえることです。男をつかまえるにはつかまえるような状態にしてはダメです。ボーッとしていれば男などいくらでも引ッかかって来るのです。そうして男をつかまえてもなるべく多くの男をつかまえるのです。そうして、そのどれかがあなたといつでも一緒にいたい、いつでもあなたの顔を見ていたいという男があったらその男とだけ行動を共にするのです。「世の男性を見るも煩わしい」などと書いてありますが、それは混乱したアナタの頭の中に逆な作用を起こさせているのです。栄養失調で死ぬときなど食物を見ても嫌になって食べたくなくなるのと同じです。

早く、早く、男をつかまえて下さい。

拝啓

埼玉県菖蒲村に住する深沢七郎のお兄さんにおすがりします。

　小生、生れつきの人間ぎらいにて、どうしても集団生活がうまくゆかず、就職しても一ヶ月と保ちませぬ。といってもぶらりとしても暮らされもせず、転々と職をかえていたのですが、あまり度が過ぎて、最近では土方でもやるほかは仕事の口もありません。さりとて力仕事には、全く自信もなく、スキ、クワ持ったら十分とは立っていられぬような虚弱体質。いっそ死んでしまおうかとも思うのですが、むろん、そんな勇気もなく、どうしたらよいものやら途方に暮れている始末です。

　どうして人間は、寄生虫のように、何ものかにすがりついているだけでは生きられないのでしょうか。野の草花のように無心に風に吹かれておれないものでしょうか。小生のごときものに、もっとも適切なる生き方というのは、どのようなものかを、ぜひぜひ教えていただきたいのです。

　文学というものはごく怠惰な人間向きにできているようなので、その志を立ててはみたこともあるのですが、『話の特集』

のようなユニークな雑誌でさえ、小生の投稿原稿をニベもなく返送してくるのです。

　現在は親もおり、三度のメシには、身の細る思いしながらもありついています。しかし二十八歳にもなっているので、村中の人間から白い眼で見られています。家業は農業ですが、親も「この子には畠仕事は無理だ」と申していますし、本ばかり読んで、毎日、毎日、明日がなければよいがと思いつつ生きているのです。駅弁大学を卒業しているので、一応の教養を身につけていると思うのですが、少しも役に立たず、顔も役者づらしてますので、村の娘っ子には惚れられたことも少なくないのですが、今では、誰からも相手にされないグータラもんということになってしまいました。だが死ぬわけにいかない身の不幸。小生に生きるべき策あらば何なりとお授け下さるようお願いします。

渡辺文吉

渡辺さんに

まことにツマラナイことを心配するものだと思います。集団生活がうまくゆかないことなど心配する必要はありません。かく言う私も人間ぎらいだと思われているようですがそんなことはどうでもいいではありませんか、人間ぎらいと言われていても実際には人間ぎらいではない筈です。ほんとは社会生活がきらいなことなのです。人間は太古時代から近世まで社会生活がなければ生きてゆけなかったのですが、今や、そんな時代はすぎ去ったと私は思います。今は、巨竜やハチュー類を防ぐ必要もないし、国家だ、国民だなどという縄張りもない時代になってゆくのです。原子力破壊という大きな存在はこの地球上をひとつにしてしまったのです。だから社会生活など必要ないのです。地球上には個人だけがあるのです。したがって、社会生活のような団体、集団で色どりする国家などというものは存在することすら妙なものです。したがって、家だ、妻子などというものから離れていい筈です。自分の食べること、自分の住む所、自身の着るものがあればいいのです。したがって、あなたの村人たちにグータラなどと思われてもいいではないですか。ただ、あなたは自分の食べものを自分で得なければダメです。あなたに必要なものはただそれだけなのです。虚弱体質でスキ、クワも持てないというが、スキクワを使っても自分のものだけを得られればいいのですから出来ないことはない筈です。お手紙の様子では百姓に自信がないようですが社会生活を離れることが出来るのは土方か、百姓より外はありません。とにかく自分だけのものは自分で得ることですからむずかしいことではない筈です。それは自分に必要なだけだし、自分の必要度の大小でむりに働かなければならないこともあるし、少し働いただけですむことも出来るのです。あなたの両親が「この子には畠仕事は無理だ」というのは畠仕事で社会生活についてゆくことはダメだと言っているのですからそんなことは心配しないでいいでしょう。ほんとはあなたのような生きかたをみんながすればいいのですがそれはもっと人類が進歩しなければ実現出来ません。人間滅亡は社会生活の滅亡も意味します。おおいに、心強く私は思っています。人間滅亡はゼイタク、寄生虫的な生きかたでは出来ません。念のため。

前略

ことし高校を卒業、現在調理みならいとして働いている。でも私の目的はイラストレーター。高三の時からその道ははっきりしていた。でもげんじつはきびしい。ままならぬ。他人のコースを走っている。外を走る電車よりも早く。

毎月考える課題は〝ゴーイング・マイ・ウエイ〟イラストレーターといえば今わりともてはやされている。その希望者も多いと思う。その中にはプロに近い人もいれば、何も描けない人もいるだろう。私はといえば、かたちぐらいは描ける。今、働いてるので、あまり練習ができないでいる。学生時代はよく本の白い所に毎授業中描いていた。それが今はアアー、寮はオールド・ミスの君。ご婦人と一緒、一緒の時はいつも私のすることなすことをみていては話しかける。というわけで、自分の時間などまるでない。やめると何回いっても、大人のちょうしのよさにいつも失敗に終り、親からはせめられ、だれからも理解されぬ、私のまわりは常に灰色。(むしろ黒に近い)深沢様、何をどうきいてよいかわかりません。でも何かききたい。

岡部愛子様

イラストレーターでもなんでも、あなたの思うゴーイング・マイ・ウエイでいいではないですか、但し、我が道ということは自分の生きているたのしさを指すのであって、職業ではありません。それが職業である人もありますが、そうではない人もあります。あなたはイラストレーターとして独立出来ても出来なくても、他人からどんな眼で見られてもゴーイング・マイ・ウエイをしっかり握って生活することです。

岡部愛子

深沢七郎様

身上相談をする人の気持を理解に苦しむほど、私は身上相談が無意味であるように思うのですがあえて投欄するのです。深沢氏はきっとお笑いになると思います。私は弁解するつもりはございません。深沢氏は作家、ギターリスト等であられその上百姓（農場を経営）を御自分でやっておられる。その百姓にお聞きしたいのです。身上相談のきらいな理由は回答者が経験のない人間がもっともらしい顔をして評論的な回答をしているのが耐えられないのです。農村は都会人が理解しがたい慣習と複雑さが内存し問題点が多い。その中にあって農民運動あり方を問う。

私は、信州の山村に次男坊として生れ、今から八年前。すなわち、安保の年に田舎から上京した。田舎者の私にとって労働組合、学生の集会、デモ、に接し大都会はまさに「動」の社会であるのに気づき驚きました。田舎での「静」の中にいた私にとって人間らしさ、生きる意義を教えられた。戦うことの大切さを知ったのです。そして現代青年の最も欠如している夢を十七歳の当時持ったものです。（ホットクールな戦いではないたくましい戦いなのです。）

その後、現在までロングビジョンとしておりますが、急速な社会変革に伴って太平ムードになり、モヤシのような人間がはびこり「静」の社会になったことを恐れております、それは戦う芽をつみ取ってしまうからだ。表面的には「火炎に包まれた日本」（大森実氏の言葉を引用する）かもしれないが、３Ｃ時代、マイホーム主義が歓迎されている時代です。これも結構（あえて批評家のごとくイチャモンはつけない）私はこのような時代にあって「動」すなわち戦う行動が大衆を動かす力にならないような気持で不安なのです。「動」から「静」に転向すべきだろうか？

半田治通（27歳　デザイナー兼百姓）

半田治通様

お手紙を読んでいると「動」とか「静」という言葉が出ますね。私の思うには、貴君の「静」という意味は孤独の人生を指しているのではないでしょうか。したがって、「動」はその反対の意味です。もし、そう解釈したなら人間滅亡教は「静」のみしかありません。孤独な人生には3C時代、マイホーム主義はあってもなくとも同じことです。孤独な生活はあなたの言う「動」すなわち戦う行動、人を動かす力などありません。つまり、孤独な生活をすれば戦うものがないのです。逆説すればこの世の中のものが孤独になれば、それこそ現代の社会に対する最高の戦いなのです。いや、最大の戦いに勝ったことになるのです。それは、結果論なのですから、そう言う意味での孤独はすすめません。あなたの不安——戦う行動が大衆を動かす力にならない——などを心配する必要はありません。貴君は、「静」から「動」に転向しなくてもいい筈です。

前略
小生フェティシストでございます。平たくいうと女性の下着のコレクター。この件に関し御相談致したく、筆をとった次第でございます。
小生この件に関し、現在の価値体系に於ける道徳に反する悪いことであると感じる一方の精神活動に対し、美を愛で、それに続く所有欲は、他の常識人の感情又は情操より豊かであり、小生にとって喜ぶべきことであるのではないかという言い訳めいた理由をつけて、小生の現在の状態を一応正当化しておりまず。
しかし、一方の道徳を基とする精神活動がより強いため、行動そのものについては勿論、正当化しようとする精神活動についても、疑問をもち悩んでおります。そこで、小生の行動が絶対的に悪であるのか、すなわち異常であるのか（精神異常者は自分では異常なことが分らないそうですが小生もそういった状態にあるのか）否か。又、絶対的に悪であるとすれば、これからどのような行動をとり精神活動を展開すればよいのか。そして又、絶対的に悪とは言えない場合、現在、精神状態が不安定なのでより良い正当化の理由は無いものか。その点に関し、御指導願いたいのです。

小生文章を書くことに不慣れなため、書きたいことを十分に表現できません。その点、おくみとりの上、宜敷くお願い致します。

草々　H・O生

追伸・現在、不安な精神状態にあり、小生の行動を完全に正当化しきれません。姓名を公表されることは困りますので匿名でお願い致します。

H・O生様のこと。

まことにいじらしい心配ごとではありませんか。女を料理するのに、従来は唇、乳房、性器だけしか求めなかったようですがそれは言い表わさなかっただけだと思います。実際にはいろいろと女の味覚をたのしんだと思います。女はビフテキと同じものでたのしむ物だと思っていいのです。結婚は青春の墓場だとか言われますが結婚はセックスの墓場だとも言っていいのではないでしょうか。結婚は肉体も生活も異性を同化して、つまり、一心同体にしてしまうのでしょう。そこにはセックスはないのです。そこには小便化したザーメンがあるだけなのです。結論はあなたはまだ未婚だと思いますから結婚すればいいのです。女性の下着にあなたがひかれるのは、それはそれでいいと思います。女の性器がおさしみの味なら下着はサシミのツマというところでしょう。サシミも美味しいがツマも美味しいのだから「俺はツマが好きだ」と思うことと同じです。サシミを食べるためにいろんなツマを要求して少しも悪いことはないのです。悪いことは恐れることとです。あなたは恐ろしいことだなどと思いながらなんとなく要求したくなるのではないでしょうか、馬鹿らしいことです。堂々と「俺は下着に魅力を感ずる」と思っていいのです。ただ、一般にセックスは内緒ごとなのです。まあ、世間なみに、こっそりと下着をたのしんで下さい。

また結婚すれば下着の味覚も多少、変ってくると思います。結婚をおすすめします。

深沢七郎様

つい一日二日前、新聞でアメリカのヒッピー族の娘が、パーティーの後、男の人と二人で全裸で殺されていたという記事を読み私はとてもショックを受けました。

それというのも、私はＬＳＤではないのですが、睡眠薬を常用し、日本ヒッピー族を気どって夜毎街をさまよっていたためです。

「愛」「平和の力」「花の心」をスローガンとして私たちは体制や、これまでの古いモラルに反抗しつづけてきたつもりですが、あくまでも非暴力をたてまえとしているだけに争いにまきこまれた時、きまって被害者になってしまいます。

つまり私たちは、花なのです。

花の役割としてのフリーセックス、博愛、美しき表現などを基本に生きているのです。私たちはどこにでもでかけ、どんな仲間とも話をし、人々が自分自身でがんじがらめにされている政治とか家庭とか世間体とか義理とか人情とかのもろもろのしがらみを一つずつこわしていこうとしているのです。

しかし、アメリカのヒッピーの娘の集団暴行を受けた上殺された事実を知って、私は一人の女性としてやっぱり、その恐ろしさに心がうちふるえるのです。

　こうした犠牲が、しかたがないものなのかどうかそのへんの所がどうしてもよくわかりません。私が睡眠薬を使用するのも、ある種の恐怖感をとりはらうためと、私の内部につちかわれている大人達からあたえられた固定観念をおいはらおうとするためです。

　誤解されては困るのですが、私自身のとっている行動は、とても美しいことだと思いますし、人と人とが心の底からつながっていこうとする根本理念にそうものと思っています。

　どうか深沢さんの力で私がここ数日いだいている不安や、迷いや、恐怖をときほぐして下さい。そうしてこれまでの様に、ある日、ふと知り合った男性と肌を温めあいながら互いに胸の内側を見せて語り合いたいのです。確かめ合った物をいつまでも大切にしながら生きていきたいのです。

　よろしくお願いいたします。

和田春子

和田春子様

貴女はほんとに美しい生活をしているのです。また、真実の正しい生活をしているのです。その心がけを捨ててはいけません。ヒッピー族の娘が全裸で殺されていたということを気にしているようですが、それと、貴女の人生の道とはなんの関係もない筈です。ヒッピー族の女性でなくても、殺されるときは殺されるのです。道を歩いていただけで畑につれ込まれて全裸で殺されることもあるのです。災難なのです。ヒッピー族の女性もその災難にあってしまったのです。それだからヒッピー族の女性はすべて殺されるなどと考えないで下さい。ヒッピー族はいま多くの眼に注目されていて、それを否定する人たちはそんな例があればヒッピー族のセイにしてしまうとも考えられますから決してそんなことでヒッピー族の是否をきめてはいけません。真実のヒッピー族などは人殺しなどするものですか。殺人などという胸くその悪いことはおそらく他の人間たちか精神異常者のすることです。女と性行為をしてそのあとで殺してしまうことはヒッピー族には考えられないことです。世間とか、社会とか、義理人情にしばられている人達のなかにはそんなことをしなければならない場合もあるでしょうがヒッピー族には殺人を犯す意味などない筈です。誰でも人を殺すことなどは決して楽しいことではないのです。犯罪をかくそうとする人達のする行為です。もしかしたらそのアメリカの娘さんもヒッピー族の娘だから殺されたということにきめられたのかもしれません。その犯人はヒッピー族の男性ではなく、案外、暴力行為の不良男性かもしれません。ただ睡眠薬はあまりつづけると効果がなくなるものですから、そのために或る程度から越えないようにして下さい。睡眠薬にも越えてはつまらない、効果のない場合もあるのですから、効果的に使用することです。

拝啓

初めまして、僕の自己紹介と希望を紹介します。僕は昨年の四月T県のA農業高校を卒業して今のO電気に入社して半年を過ぎました。中学生頃から日本・外国（南米）に農園を持つことを決心しましたが、今の状態ではそれは不可能なことに気づきました。しかし、まだ望みをすてたわけではありません。今も農業に取りくむ青年を捜し、できたら共同で農園をと考えています。けれどもいまだに……。だけどこれは不可能です。近いうちに会社をやめ、そういう農園で働く方が僕に適していることをつくづく思います。僕は農業高校をでたからといって、農業のことをしっているわけではないし、何らとりえのない人間です。だけど農園で働くという決心はついています。

〝僕も農園で働きたいのです〟

農業が好きなんです。

生稲厚

いくいな　あつし様

お便りを拝見しました。御希望のような人達が多くあるのでこの人生案内にまとめて回答をいたします。

現代は農業は――それを職業とする人と、そうでない人の2種類あると思います。職業としない種類の人――それは男子一生涯の職業ではなくスポーツの一種になっていると思います。つまり職業ではなく日曜ゴルフのようなものですから1週一度の日曜に農業をすることがよいと思います。農業志望者が都会地に住んでいる人に多いというのもその理由だと私は思います。農業はスポーツとしても存在していいと私は信じます。

前略、冠省、とっぱじめ。

見なけりゃ良かった、見なけりゃね。ほんとに見なけりゃ良かったの。

何を見たかと言いますと、ぼくは三つになりまして、だんだん付いた物心、そいつがぼくに見せちゃった。ぼくの誕生おとなたち、パッパやママにしてからが、歓迎してはいなかった。

ぼくは七つになりまして、桜吹雪の花影をランドセルしょって学校へ。頭のいい子とオダテては、チヤホヤしてたおとなたち、あいそ笑いの奥にある、そいつをぼくは見たのです。

ぼくは十歳、時は春。やっぱり桜が咲いていて、田舎の村から大都会、ぼくは転校ということに。そこでもぼくは先生の、くり出す難問ちょうハッシ、答えてばっかいたその日、元気に手を挙げ、「ハイ、先生。」だけども先生こう言った、「田舎の学校じゃ優等生、とっころが町の学校じゃ、そんなにうまく行かないわ。」そいで先生うすのろの、手なんかてんで挙げもせぬ、やつに教えて答えさす。そんときオールドミス先生、眼鏡の向こう眼ん玉チラリ、ぼくはそいつも見ちまった。

ぼくは十二で、背中まで、垂らした髪が良く似合う、少女と仲良くなりまして、昨日は東、今日は西、あっちこっちへお遊びに、行ったりなんかしてたのに、どこの誰だか知らないが、告げ口きいたやつがいて、職員室にお呼び出し。ぼくは見ちゃった人間の、そうだあいつは確かに嫉妬。

ぼくは十七、死ぬ気になって、トボトボひとり家を出て、夜行列車に乗り込んだ。誰でも良んだどなたでも、ぼくの言うこと聞いてくれ、汗をかきかきあちこちと、列車の中をば飛びまわる。だのにどうだいこのぼくの、話どいつも上の空、その上こいつも上の空。ぼくは見ちゃった無関心。損得勘定で死ぬんじゃないが、今死んだんじゃ損だらけ、あんまし早く死んだんじゃ、誰にも泣いて貰えない。

ぼくは十八、すでにはや、不感の症という病、コーモウに入り始め、何とかしなけりゃ大変な、ことになるぞと考えて、はじめて女とやり出した。そのときだけは何とかに、回復できそうな気はするが、やっぱりそれも錯覚で、そいでまたやりまたやって、結局そいつも見ちまった。なあおまえ、思い込めたら幸福だ。

明けて二十四ぼくの年。明けた馬ならダービーで、親に孝行(こうこう)もできようが、ぼくの二十四なにもない。

なあ七郎、そいだでものは相談だ。ぼくのどっかに残ってる、見ちゃったやつらの映像は、どんなにすれば消せるのか。

くどいようだがなあ七郎、見てない馬鹿は幸福さ、あんたも見てはいたんだろ？

加藤茂樹（無職）

加藤茂樹様
お手紙を読むとカラカイ半分の相談とも受け取ることも出来ますが可愛い悩みとも受け取れるのです。23歳の人間の文章とも思えない幼稚な悩みを汚ないリズム的な、詩でも書いていると解釈してお答えしましょう。人間の最もすぐれている智能は「忘れる」ということだと私は思っています。試験勉強などで「忘れる」ということは不自由なことだと思いますが。「忘れる」「忘れっぽい」などとボヤクのはとんでもないことです。人間の肉体にバラのトゲなどが刺さったとき痛みを感じます。傷が直れば痛みも消え去るのです。だが、いちど痛みを感じて、それをいつまでも覚えていたらどうでしょう。痛いこと、悲しいこと、コッケイなこと、つらいこと、それを忘れなければ貴君の頭の中はどうでしょう。痛い、アハハ、嬉しい、悲しい、それらがゴチャマゼになって、その上、生れてからの記憶、人間たちの無数の顔、風景、そういうものでアタマの中がいっぱいになるのです。ところが、「忘れる」という智能を人間は持っているのだから、めんどうなアタマにならないのです。

貴君は妙なことばかり忘れないですね。変なことや大切なこと（世間の人たちが言う）は忘れなければいけません。3ツのとき　パパやママのベッドシーンを見たとか、7ツのときに愛嬌を言われたとか、屁のようなことばかりを覚えているけどオッパイをのんだり、メシをもらったり、お小遣いを貰ったりしたたのしいことは忘れちゃったのですか？　覚えていてもよいことは忘れてしまい妙なことばかりを覚えている。幸い貴君は「忘れる」という才能もいくらか持っているようですから、これからは大いに忘れることに努力すべきです。忘却とは忘れ去ることとなり、忘れるには血のめぐりをよくして、血液の循環を速くすることです。それには、うんとめしをたべて、うんと身体をうごかすこと、私はカゼをひいたり、腹が痛いときなどは3度のめしを5度も6度もたべて直ってしまいます。うんと、めしをたべて、うんと排泄すること、下水などがつまったときはうんと水を流すことと人間の身体の仕組は同じ組立だと私は思います。

私は自分を理解し、必要としてくれる人間がほしいのです。私から離れられない人間がいてほしいのです。私にはそういう人間がいます。その人の存在は私の生活圏内の大部分を占め、私の言動のすべてはその人に向って為される。そしていつも会いたいと思い、話したいと思う。でもその人には私の気持はわからない。期待しては裏切られ、その度に孤立無援を決意し、すぐ崩れ去り、またそんな人間を求めて彷徨する。死ぬまでそんな人間みつかりっこないんだ。みんな私の心を掠めて通り過ぎてしまう。奥深く入ってきてくれる人は誰もいない。この気持は完全なエゴだ、と思う。時々発作的にひどく憂うつになり淋しくなると、誰でもいい、誰か話しかけてくれ、と切実に思う。ほんとは誰でもよくはないんだけど。

私は今短大へ行っています。講義はあまり興味ない。友達はみんな無視している。私の大学は自治会でも学生運動を禁止しているので、それを打破しようと考えている。でも一人の力は無に等しいし、御用自治会はあてにならない。だから金と暇を無駄にしている新聞会へ入って、一年間かきまわしてやろうと思っている。もし退学になっても卒業できても、また他の大学へ行きたい。そしたら家を出る。自由な行動がしたい為。卒業後は何も考えていない。高校の時は作家になりたいと熱望し、今は映画を作りたいと漠然と考えている。そして才能と能力のなさを痛感している。いざとなりゃという甘さがどこかにある。女だから。所詮私には鍋釜洗うしか能がないのかと思う。良妻賢母型だと思う。親の決めてくれた人と結婚してもいいと思う。案外そうなるような気がする。自分ではみつけたくない。恋愛から結婚へなんて考えただけでぞっとする。恋愛はしたくない。恋愛お喋りも、おしゃれも、ボーイフレンドもどうでもいい、全力疾走できる持続的、精神的対象があればいい。現在は反体制の思想がある。あやしいもんだという気がする。ゲバルトは恐いが、立ち向う勇気はある。

でも生きていることは悲しいことです。だから私を慰め、一緒にやけ酒飲んでくれる人がほしいのです。

あなたの御意見をお聞かせ下さい。

倉形恵子

倉形恵子さま

なんというバカげた考えを持っていることでしょう。自分を理解し、必要としてくれる人間などツマラナイ男です。女を理解するなんて男はロクな男性ではありません。そんなことを言う男があったら嘘ッパチです。また、真実にそんなことを言う男性があったらその男のアタマはどうかしているのではないかと思います。そんな期待は男性に対して捨てなさい。また、生きていることは悲しいことだと思う必要はありません。生きていることは楽しいことだと思う必要もありません。ただ、ぼーっと生れて来たのだから、ぼーっと生きていればいいのです。一緒に酒をのんで慰めてくれる人が欲しいなんて貴女はパアじゃないかと思うほどあきれた考えです。人間は慰めてもらうことはいけません。人間は食べて、ヒって、寝ればいいのです。ヒる作用には性欲もあります。性欲は食う作用でもあります。若い者——男も女も、性欲は貪欲でいいのです。うんとめしを食って、うんと男と遊んで、うんと寝ることです。慰めてもらってはいけません。女にとって男はモテアソブ道具だと思えばいいのです。男も、女はそういう道具だと思っていていいのです。

人間滅亡教の教主さまであられますあなたはラブミー農場で悠々自適の生活をなさっておられるとのこと、まことにうらやましく思っております。

　というのは、私にはそういう生活ができないからなのです。できないというのは、やらないからでなく、何もやらない生活がやれるように活動しているからなのであります。

　私が、人間てタイしたことないものなんだ、人間はただ孤独に生まれ孤独に死んでゆく、そして生きていることも死ぬこともタイしたことない私の人生なんだ、と気づいたのはつい二、三年前のことです。大学二年の初めのころだったと思います。そんなあたりまえのことに気づくのが遅かったのは残念ですが、今の小・中・高等学校ではそれを気づかせるようなヒマや考えを与えてくれないのが現状ですから、仕方ありません。

　私がそれに気づいたのが大学生の時であったことが、今のあなたのような生活をすることのできない原因であります。

　それに気づいても、あなたのような生活ができないように私はつくられていたのです。私は、人間はタイしたことはないものなんだと気づいても、そんなことを思おうものなら不安で不安で仕方のないようになるというふうにつくられていたのです。

　私もまた、人間は平和に滅亡するものだと思っておりますが、そうはさせないようにしているのが今の社会なのであることを知ってしまったのです。

　私は、私の生を孤独に生き、私の死を孤独に死んでいきたいと思っておりますが、そんなすばらしい孤独を許してくれない社会に生まれてしまったのです。今の日本は、戦争の起こることを眼前にしています。私の孤独な生死を、彼らの戦争や競争に巻き込もうとしているのです。

　こういう訳で、私はあなたのような生活はできないのです。今の社会ではできないのです。私はナンでもなく、ただ孤独に生き死ぬことが、そして人間は平和に滅亡していくことができないのが、今の社会なのです。だから私は、私の孤独と滅亡をとりもどすために、今の体制に反逆していかなければならないのです。もちろん、私の中に巣くっている内部の体制にも反逆していかなければなりません。

あなたもおそらく近いうちに反逆しなければならない事態に追い込まれるでしょう。支配者どもは、いかなる土地にのがれようと、どこまでもその手を忍び込ませてくるでしょうから。私はそうならないうちに、人間が平和に滅亡していく社会にしていこうと、同志と運動をしています。

相談というのは、（私は年上の人間を信用していませんが、あなたは信用できるような気がして相談するのですが）こういう社会をとりもどすために、何か（反逆）を行なうということは、生き方として矛盾していないでしょうか。それとも、一人でこういうこと（あなたのような生活）ができるものでしょうか。私には、一人で孤独であることも平和に滅亡することも、できるとは考えられないのです。

尾崎正澄

尾崎正澄様

あなたの反逆精神をこの場合だけ私は拍手を送ります。ただ、私の拍手は貴方の反逆精神だけなのです。反逆とは個人のものです。団体でやらなければ反逆は出来ないなどということはありません。歴史上の人物――明智光秀は主人に対して反逆したがあれは自分ひとりではなく部下をも利用したことがいけないと思います。ひとりの人間の反逆――それはカタログのような存在になるのです。たとえば私の生活はひとつのカタログなのです。そのカタログを見て、貴君がそれに同じ考えを持てばいいのです。それは、貴君をカタログにする者も出てくるのです。あなたの言う「ひとりで孤独であることも、平和に滅亡することもできるとは考えない」とは私は思えません。人間はもともと団体の生きものではないと思います。だから孤独であることが当りまえだと思います。「こういう社会を取り戻すために」などというあなたの考えかたを私は否定します。社会などというものを作ることがいけないのです。人は孤独が当り前で社会などというものは作られたものなのです。それを作った奴は悪魔なのです。人は孤独であれば人口も増加しない筈です。ほんとの地球には、こんなに人口がはびこる筈はないのです。どうか、社会とか、団体とかいう考えを忘れてもらいたいものです。

深沢七郎様
私は平凡を嫌がる平凡な女の子です。まず家庭（環境）紹介を致しますと、（理由は私のひねくれ根性の原因をお知らせするため。）

　母は医者でありながら主婦の仕事も立派にやっているタフな女性。しかし、子供よりも幼稚で、父よりも子供達に頼っているのです。

　父は子供がみな異性なので、年中淋しそうな顔をしています。勿論父の収入が〝大〟なのです。

　長女は優等生で多くの免状と、近く医者の博士号をとれる人です。次女は幼き頃から身体が弱いうえに我儘なので、蝶よ花よと育てられ、女王的存在です。三女はとにかく神様のような存在で、コツコツタイプです。

　四女——私は末っ子ではありますが、一般のケースからすると末っ子の存在は大きいのですが、豈はからんや、家では影が薄くて何度も家出を計ったしだいです。しかし、そんな行為は私の責任なので〝おおかみと少年〟の少年だと言われ、喜劇に終ったしだいでございます。

過去——幼少の頃瞑想にふけるのが好きでそのため勉強ができず、父からは「阿呆阿呆」とののしられ、洋服といえば主に次女の古着で、そのころには母が病いで入院患者もとらずだんだん診察も断わり我家は斜陽となる。長女、次女の少女時代は華やかだったのに。

十六歳の時婚約し、十七歳で未亡人となる。（彼が死んだのではなくて、私のウソを燃そうとしただけのことなのです。）

現在——悲しくも飛び抜けて美人に生まれなかった私は、決して一流の収入のいいモデルなんかを羨むことなく、中味を磨くことに努力を払い、そして得たものはモデルよりも価値あるもの……と想像するのですが、現実はライバルが多くて、実力の世界というものは本当に厳しいものだと実感している今日このごろ。映画中毒にかかり、（理由——現実逃避、結果——悲劇と喜劇のイコールについて目覚める。）ジャンヌ・モロー主演の『突然炎の如く』を観て、一層求めてやまないあるものが強くなり、主人公の言っていた〝愛とは瞬間のもの〟という思想からすれば、真実なんてものは貞操と一体どこでどう手をつないでいるのか全く不可解になり、永遠の処女になるには（気持だけ）どこまでの女になればいいのか、七郎様！　私は背のびをしてこんな事を毎日考えているのではございません。現在「無」に等しい存在を「有」にしたいと焦燥感でいっぱいなんです。私を素足の女の子と信じて叱るなり、慰めるなりして下さいまし。

ポテチン

ポテチン嬢さま

妙な相談です。相反する二様の考えが貴女の脳ミソのなかにあるようです。それで焦燥感があるのではないでしょうか。「十七歳で未亡人となる。（彼が死んだのではなくて、私のウソを燃そうとしただけのことなのです。）」と言うのは離婚したという意味だか、婚約解消したという意味だかわかりませんがそれはたのしいことだと思います。つまり、カラカイ半分に婚約して、解消する、そうして貴女自身は未亡人になったように思っている。もし、そういう意味だったら貴女はステキな頭脳の持主です。また、悲劇と喜劇のイコールについて開眼することもステキな人生観だと思います。だが現実逃避などという古ッぽい考えは止めたほうがいいと思います。悲劇と喜劇がイコールというのは現実を処理する妙薬ではありませんか、ステキな現実料理です。そこらに貴女の相反する無駄があるようです。また「愛とは瞬間のもの」と考えてもよいでしょう。もちろん「愛などというものは欲深女や精神病の男の飛道具である」と考えている私とはちょっとちがっていますが、まあ、「愛とは瞬間のもの」という考えを一応仮定して、それにしても真実と貞操でどう手をつないでいるのか全く不可解だというのは変です。愛が瞬間だったら貞操も瞬間なのです。つまり、貴女は毎晩ちがった男性と性行為をしても、そうして貴女は毎晩の彼等に対して貴女は貞操で接しているのです。だから真実も貞操も愛は瞬間という開眼では瞬間な筈です。ほんとにステキな、進歩的な女性なのです。そう自信を強く持って下さい。そうすれば、なんで焦燥感などあるものですか、そうすれば「『無』に等しい存在を『有』にしたい」などは無用な考えなのです。悲劇は喜劇とイコールで、無と有もイコールだということは3千年も前にお釈迦(シャカ)さまは教えてくれたのです。それは人類の処理、現実、未来、過去、の処理方法なのですから迷わず仏教で貴女はアタマの中を処理して下さい。私も同じです。

深沢七郎様

大学で四年目をむかえた二十一歳です。

一日中寝ています。新聞をながめても、すべて詭弁で、巧妙に論理を展開して、ぼくを弄んでいるのではないかと思いつつも、そんなふうに思うのは精神に異常が起こっているせいではないかなどと勝手に思いめぐらせて、まだ息をしています。

なにせぼくは日和見なので、行動はしないのです。昨年の秋に羽田にむかう三派全学連を駒場で見て、強いショックを受けました。というのは、ぼくは参加しようと思ってそこに行ったのに、お前は違うのだと、その場の雰囲気に宣告されたからです。

ソ連社会主義には幻滅し、中国社会主義にはついてゆけず、それは共産主義への幻滅となり、カフカを読めば、指向性を持たぬぼくの精神的エネルギーが握りしめたコブシの指の間からぬけてゆきます。

ぼくはこの体制下にあっては完全にアウトサイダーで「負」の存在から「正」の存在へ脱出したいと思っていながら、不可能性に支配されるのです。だから、いつも寝ているのです。

客観的真理と考えられたものが崩壊してしまった以上、何をいわれても風が吹く程度と思いますが、ぼくについて何かを言ってほしいのです、貴方に。お願いします。（お願いしますなんて生れて初めてです。）

友達と話し合っても、ずっと以前に駄目だということを知りましたが、考えの合う、あるいは合うような感じのする程度でいいんです。誰でもいいのです、ぼくは奇妙な考えに接したいのです。

貴方の奇妙な御意見をお聞かせ下さい。

追伸
① ぼくの人生には何が足りないのでしょうか。
② どうしたら楽しくなるのでしょうか。
③ 思っているようにぼくはバカでしょうか。
④ 夢とは何でしょうか。ぼくは眠っていて見る夢しか知りません。
毎日劣等感の連続です。

芥風聞（仮名）

芥風聞様

①の答え。貴君の人生に足りないものなどありません。安心して、いまのままの考えでいていいのです。それは現代社会のアウトサイダーでいいのです。アウトサイダーだから生きていることが出来るのです。それは、「負」の存在ではないのです。それが「正」なのです。「何をいわれても風が吹く程度だと思います」という生きかたこそ強い生きかたなのです。

②　楽しいなんてことは何かに比較した場合に感ずることで一日中寝ている様子ですが、それが最高の楽しいことなのです。貴君は現在楽しいのです。だから楽しいことを忘れているのです。昔の人は言いました「寝るほどラクは江戸にもねえ」と、江戸時代、江戸は全盛の都会だったようです。江戸へ行けばうんとオモシロイことがあるだろう。珍らしいものがあるだろう、と思っていたようです、だが、実際、江戸で最高の楽しいことは「寝る」ことだったのでしょう。江戸へ

行かなくとも最も安楽なことが家にいてもあったのです。それが「寝る」ことだったのです。

③　貴君はバカなどではありません。バカとかリコーとかも相対性なもので相手があって比較して存在するものです。何と、誰と比較してバカなどと言うのですか。貴君はスバラシイ生活方法を行なっていると私は思います。私は貴君をバカだとは思いません。反対に、ステキな学生だと思います。

④　夢とは眠っているうちに見るものしかありません。希望とか、あこがれを夢とも言いますが、それは実現出来ないと言う意味で夢と言います。実現出来ないことを考えては楽しいことにふけるという人間もありますが、そんなのはヒネクレタ奴の持つ物です。劣等感の連続ということは重大問題です。貴君のようなステキな毎日を送っているものが劣等感があるというのを知って私は腰をぬかすほど驚きます。なんで、どういう劣等感なのでしょう。想像も出来ないことです。それだけが貴君は変です。神経をとがらせているようではないですか。それなら貴君にすすめることは労働することです。どこかでドカタでもすればすぐなおり

ます。そうすれば寝ることの楽しさ、平和さも再認識することが出来ます。結局、貴君の足りないものは労働です。それだけ実現して下さい。

私は何もしておりません。別にしたい事もございません。私はペシミストでニヒリストでアナキストでオナニストのようです。現在の生活に満足しているのですが、ただ気がかりなのは後、数十日でパンのなくなる事です。残念ながら、そのままあの世へというわけにも、私のいたらなさゆえいきませず、「はて、どうしたものか」と思案しております。『話の特集』を買うほどのお金と日々のパンがあればよいのですが、何もせずに、もちろん、乞食などもせずに天からお授け願えるというわけにはいかないものでしょうか。又、このような私はいけない人間でしょうか。傲慢というものでしょうか。心に思っている事をすなおに述べただけですが、本当に何の欲もないと思うのです。深沢七郎様、何かお聞かせくださいませ。又、読者の皆さま、こんな私を引き受けてくださる方がおりましたら、よろしくお願いいたします。

品川一郎（仮名　19歳）

品川一郎様

なにもしないで、乞食などもしないで天から生活費をお授け願いたいということは恐ろしい考えです。つまり、あなたのような考えかたの者が、それを実現させるために、人間を利用して、自分だけは遊んでいて、他の人間に働かせて生活することを考える、恐ろしい人たちになるのです。だから、あなたのような恐ろしいことを考える者が資本家になるのでしょう。資本家でさえもその土台をきずくまでには凄く努力します。有難いことにはあなたは恐ろしい考えを実行する努力もしないのだから、不幸のなかの幸です。てめえの食うだけは働くのです。貴君は「何の欲もない」ということ、それが、まだあなたを救っているのです。ペシミスト——厭世家だと思います。それは勝手に自分でそうきめていることで、貴君のような奴はちからも金もないが、それを持った場合は厭世家ではなくなり、恐ろしい人肉利用者になると思います。ニヒリストだ、アナキストだ、オナニストだなどとうぬぼれるのが呆れます。あなたは、ほんとは独裁者、資本主義者、寄生虫、たかり屋、詐欺、横領の素質を持っている奴です。あなたのような人間が、まあ、この世の中には満ちあふれているのです。ほとんどの人間が貴君のような奴なのです。「本当に何の欲もない」と自分で思っているのだから恐ろしい人間です。私の人間滅亡はそういう考えではないのです。人間としての考え――あなたのような考え――を滅亡させることにあるのです。滅亡させるのは自分自身よりほかにないのです。肉体を滅亡させることはなかなか出来ないことだから、あなた自身が自分の考えを滅亡させるように。私の滅亡教はこの場合こういう言いかたをするのは逆な説明になりますが。

深沢七郎様

初めまして。こんな人間が居るのかと思わないでぜひお答え下さい。吉永小百合をこの世の妖精と信じ、政治には無関心で、ニヒリスト、オナニスト、ナルシスト、かつ自分は被害妄想狂だと思い悩んでいる十九歳の老人です。電車が急停止すると一体何が起こったのかと早計算し、どの窓から逃げたら一番安全かと考え迷い、油汗を流して青くなり震えているのです。長旅をするにも、目の前に嘔吐用の洗面器がぶらさがっているようでとても旅なんてできっこない。だから旅行案内書を見るとなんとなくさびしい。電話が鳴ると「もしや」と思いビクビクする。現在生きていることが恐ろしい。かといって死にたくない。決して不幸ではないが幸福であるとも言えない。食生活にはこまってないし、現在やりたいようにやっているが私は生まれてこれと言ったことは何もしていない。いてもいなくても同じなんですね。現在演劇関係の事をやっているが、前がつかえそうで何となく味けない。理想がデカイせいか、まるっきり行動が伴わない。同世代のフーテン、作家、俳優、音楽家、美術家などで活躍している人をみると恐怖感をもつ。そしてこのまま年をとるのが恐ろしい。これは悪い事ですか？　自分をなさけなく思い過去の楽しかった少年時代への悪夢にうなされ、うすぐらい下宿に一人で閉じこもり、ポップコーンとコーラと『話の特集』さえあればいいやという気持になりつつあります。友達になっても、いつかは裏切られ、あざ笑われると思うとなんとなくしっくりいかない。そして真に私を理解する人を求めさまよう。しかしどうせ死ぬまで逢えやしないんだと悩む。先生助けて下さい。廃人のような私は一体どうしたら人生が楽しくなれますか？　それとも、もうだめですか？

沼田儀人（仮名　学生）

沼田儀人様

お手紙にあること、だいたい、当りまえのことです。なんにも心配することなどないと思います。それなのに、なんでクヨクヨ考えたりするのですか。貴君の不平らしく考えているなかにはツマラナイこともあります。「友達になっても、いつかは裏切られ、あざ笑われると思う。」なんと不必要なことを考えることでしょう。友達などというものはそれでいいのです。友達というものは花のようなものです。例えば、幼稚園のときの友達、小学校のときの友達、中学、高校、大学の友達、それは、春には春の花が咲き、夏には夏の花が咲くのと同じです。そのとき、そのときの時季、状態で友達はそこにあるから眺めたり、飾りものにするのです。友達はいつかは裏切るものではなく自分自身が選んだり、捨てたりするものです。友達などというものはそのときどきに自分のために存在するのだからそんなものに負担を感じたり、たよりにしようと思うのは悪いことだと思います。友達は選んだり、捨てられたりするもので、デパートで買うアクセサリーの一種だと思えばいいでしょう。選んで身につけても、古くなったり飽きれば捨てたりするものです。また「私は生まれてこれと言ったことは何もしていない。いてもいなくても同じなんですね」ということは最高の人生だと思います。なんとなく生れてきたのだから、なんとなく生きていればいいのです。その最高の人生を持っている貴君は最高の幸福なのです。何かこれと言ったことをするような奴は人生からハミ出した奴です。米の中に住んでいる虫が米の中からハミ出して他の場所に移ると同じです。くれぐれもそんなツマラナイ考えを起さないように。フーテン、作家、俳優、音楽家、美術家、そんなものはクズの人間です。そんなクズばかりに恐怖感を抱くなんて、妙です。そんなものこそブジョクしていいのです。彼等は病的な神経を隠そうとするか、又は逃避するためにそんなことをしているのです。

拝啓

私、結婚、いえ、人生にと言ったほうがよいでしょうか、あせっているハイミスです。

私は、結婚をビジネスと思っていますので女は男を楽にさせ、男は女を楽にさせるよう努力すればよいものと心がけて見合いに臨んできました。ところが、どうでしょう、結果は、どの男も最初はいいよと言いながら、後になって、どうも色気がないからと言って断ってくるのです。

見合いをした相手というのは、だいたい次のようなタイプの男でした。

Aは、イタリアオペラのアリアを、あけっぱなしの顔で歌う男でした。

Bは、深刻な顔をして、ちょっと鼻に力をいれてドイツリードを歌う男でした。

Cは、ピアノ弾きでしたが、絶望的な顔つきの中にも、ちょっと気どって、チャイコフスキーなどを弾いていました。

Dは、ちょっとかっこいい男でしたが、アメリカの音楽にイカレてました。

　私が駄目なのは、こういった男の興味に、理解がなかったせいでしょうか？　それとも別なこと、例えば、私自身の容姿、育ち、性格にあるのでしょうか？　容姿（ちょっと小さめですが）、育ちは、人並と思っています。しかし、性格だけは、自分ながら、ちょっと他人と違うように思っています。

　それというのも、私は、ある大学の法学部を出たのですが、ただ出たということだけで何の役にも立てていません。

　私が法学部へ入ったのは、学問のためでなく、職業のためでもない、ほんとうのところ手っ取り早く、結婚相手を見つけようと思ったからでした。しかし、あまりに男が多すぎて、どれがよいのか自分でも判りませんでした。あれやこれやとぐずぐずしているうちに四年間が過ぎてしまい、結局のところ一人の男も知ることなしに卒業してしまいました。

　今になってみると、大学を出たのが、ばかばかしい位です。それでも結婚に対する夢は捨て切れず、見合いの話があれば、すぐにでも飛びついていきました。結果は、前に述べた通りです。

現在は、社会に出て、働いてはいるのですが、大学であまり勉強をしなかったので、学歴を役に立てることができません。それで口惜し紛れに、仕事とは関係のないところでつい知性と教養をひけらかしてしまうのです。

結婚も駄目、仕事も駄目な私ですが、時々考えることがあります。いざとなったら、身を売ってでもと、しかし、よくよく考えてみれば、私には色気がないとのこと、この時世で、お金を出してまでという男がいるとは思われません。

年のせいでもありましょうが、なんだか、私には、全ての道がふさがれているような気がします。それでも、まだ結婚に対しての夢は失っていません。ただ、どのようにして男を捕えたらよいのか判らないのです。

大学まで出て、馬鹿な女と笑わないでください。深沢先生、どうぞ、私に男を捕える方法をお教え下さい。

現代好色一代女

一代女様のこと。

まことに簡単な心配ごとだと思います。

男を捕える方法と言ってもテクニックなど必要ありません。女と男は犬や猫の女性と男性と少しも変らないのですから人間も発情時期になればきわめて自然に相手が出来るものであります。但し、あなた様には欠点があって、技術が必要ではなく自分の欠点を除かなければいけないのです。

それは、誠に申しあげにくいことなのですが、あなた様は大学教育を身につけているので教養があることと推察いたします。女性の教養は真実の人間性からかけ離れてしまうのです。人間でも犬や猫でも教養を身につけることは女性の魅力を除いてしまうのだと私は思っています。ほんとの教養は決してそんなことはないのですが大学ぐらいの教養ではほんとの教養は身につけられないのです。と、申しますのは、現代の大学卒業生が自分たちの教養だと思い込んでいることはすべて人間性からはマイナスになっていると思います。男子でも女子でもそうなのです。あなたもその教養のために女性のもっとも大切な魅力を失ってしまっているのです。

人間滅亡というのは今まで人間たちが思い込んでいた他の動物たちよりすぐれているという考えを滅亡させることなのです。だからあなたは自分の教養を悪いことだといつでも思っていることです。そうしてあなたの相手は人夫でも、職工でも、好きな人を選べばいいのです。あなたの思っているように「女は男を楽にさせ、男は女を楽にさせる」ばかりではなく、女は男をたのしみ、男は女をたのしむ。これが重大なのです。女は男をたのしんで女は男のビフテキであり、男も女のビフテキなのです。

色気がないなどと男から断られるなどというのは教養を捨てさえすればいいのです。どうか、あなたが男性を捕えるのではなく、男を慰んでもらいたいものです。

前略

深沢先生にぜひ御相談したいと思って、お便りをいたしますが、ぜひお答え下さい。

私は今年高校を出て東京のある大学に入学いたしました。父や母のもとから離れて下宿生活をしていますが、もう東京がつまらなくなってきました。

初めは東京がとても楽しかったのですが、慣れてしまったせいか毎日退屈しています。それで学校の何かのクラブに入りたいと思いますが、何のクラブに入ったらよいでしょうか？　スポーツはみな好きですが、選手になれるほどは運動神経が適しません。体はとても丈夫で、体格は1メートル80センチ、75kgで、誰でも私がスポーツマンだと思ってしまいます。だから何かのスポーツのクラブが良いと思います。

深沢先生はどんなスポーツが好きですか？　私は何のスポーツのクラブに入ったら良いでしょうか？　ぜひ教えて下さい。

Y・X生

Y・X生様

大学へ入学してクラブにはいるなんて、とんでもない考えです。もし、何かのクラブに入ったらどうなりますか。そこには先輩だとか後輩だとか、同じ大学生でありながらとんでもない人間の差別があるのです。その差別は行動にも影響します。たとえば、自動車のクラブにはいったとしましょう。後輩である貴君は油だらけになって自動車のグアイをよくします。泥だらけになって自動車をきれいにします。先輩は「ジャア、行ってくるぜ」とかなんとか言って女の子など乗せてドライブに行く、後輩である貴君は「ヘイッ」とかなんとか言って軍隊のバッタ役のような顔をして軍隊のような敬礼——右手を耳のところにあげてひらいてカカシのようなスタイルをしてドライブに行くのを見送ります。そうして帰ってくればパンク直しをするのです。大学に入って月謝をおさめて、親から仕送りされた金でクラブに入って、ドレイのような仕事をする。そんなつもりで学問の勉強するなら外に余っ程よい就職がある筈です。ダイタイ、大学に入ってスポーツで機能をみがくなんてとんでもない考えです。それなら体操学校にでも入るべきです。とにかくスポーツでもなんでも選手はギセイ者です。学生のスポーツなんてタカがしれています。オリンピックの選手なんてアマイスポーツです。プロは選手の資格がないのだから本職の入らないアマチュアとしての金メダルです。それでも学生の中からプロになるのもあって、そんな者だけがまあまあ、スポーツをやったという意味があるので、そんなのは大学に入らなくてもよかったのです。スポーツの大学に入ればよかったので、そんな生徒は学校をまちがえて入学したのです。

さて、貴君は後輩から2年か3年たって先輩になります。そうして、嫌な仕事は後輩にさせます。ヘンなことを言う後輩などひっぱたきます。まちがって、やりすぎて、後輩を殺すこともあります。そうしたら先輩も退学です。殺さなくても、人間的に威張って後輩よりなんとなく偉そうな態度をします。それから後輩からもクラブの費用だとかなんとか言ってゼニを出させます。先輩は後輩になにかタメになるようなことを教えます。とんでもない考えです。教えるならそこの先生だけでいいのです。先輩などの教えることは自分の経験で教えます。他人の経験で人生の勉強が出来るなら学校になど行かなくてもいくらでも先輩は社会にころがっています。以上のように学生がクラブに入るなんてとんでもない考えです。もし、クラブに入るような暇があるなら貴君はその暇だけ労働をすることです。クラブの労働をするよりゼニになります。けれども学生が暇があってドカタをやる。そんなのは学生ではないからその点を知ることです。アルバイトをやるのはスキーに行ったり遊ぶ費用のためにやるのです。そんな時間があったら学校のことを考えることです。遊べるのは学生のときだけだからとか社会学の好都合のようなことを言う学生はみんなカムフラージュで、遊ぶことも、社会学も学校を卒業してからです。もし、青春は2度と来ないという考えかたで学生の青春期を利用するのだったら学生をやめて青春にだけ若い時を費すことです。Y・X生様、大学に入学しただけで、もうつまらない様子だが、貴君は学校がオモシロクないなら早く大学をやめることです。

深沢七郎様

僕はあなたを知りません。恐らくあなたも僕という人間を知らない。

それでいてあなたに人生案内をもちかける僕もかなり無責任な人間です。まったく！

僕は今十八歳です。今年高校を卒業してから現在まで、何もせずフラフラしています。

大学へ入る頭も気もサラサラありませんでした。かといって就職する気もまったくなしです。

今の僕は何もする気になりません。（体は至極健康です。）

僕は近頃何故か自分が安っぽい人間に思えて、毎日がイヤで仕方がありません。

僕は以前から人生や日常生活その他全てに本物でありたいと思っています。

本物（抽象的な言い方ですが今の僕の全てです。）になるには大学へ入り教養を身につけ、社会に出て、人間を知らねばだめでしょうか。

それとも本物なんて所詮この世の中にはないものなのでしょうか。

何もかもが空しく思え、見えるんです。

そうしていろんな事を考えます。そのくせ考えて行動に移せないんです。

何故なんでしょう。行動に移そうとする前に、その事が果して本物なんだろうか、そう思うといつもやめてしまいます。

こんな事も考えます。

僕は現在社会の中に生きている。これは生まれて来た以上どうしようもないことです。

そのくせ自分は、その社会を構成する一員にはなりたくないんです。

もし僕が生きていることが、すでに社会の一員になっているとしたら僕はそれに反抗したいんです。そしてそれは、マスコミから与えられたすでに解決のある反抗ではない別のものです。

でも今の僕はそれもやる気がない、だとしたら僕はどうしたら、どこまで生きたらいいのでしょうか。

今の僕は、村田英雄じゃないけど、

――いまにおまえの時代がくるさ――

という僕の時代をまっているのかもしれない。

でも待っているうちに、いつしか年をとり、小市民的平均的人間になってしまいそうな気がします。

何を書いているのか自分でも分らない。本当に僕はどうしたらいいのでしょう。

こんなこと考えるのはやはり暇だからなのでしょうか。

でもなきゃ僕の頭のほうがイカレてしまったのでしょうか、だったら大変です。どこかいい精神病院をおしえて下さい。

土橋進

土橋進様

「本物になるには大学へ入り教養を身につけ、社会に出て、人間を知らねばだめでしょうか」とはなんというアキレタ考えでしょう。人生や日常生活その他全てに本物でありたいと思っているとはなんとアサマシイ考えでしょう。あなたのいう本物とはなんでしょう。人間には本物なんかありません。みんなニセモノです。どんな人もズウズウしいくせに、ハズカシイような顔をしているのです。どんな人もゼニが欲しくてたまらないのに欲しくないような顔をしているのです。人間は欲だけある動物です。ホカの動物はそのときだけ間に合っていればいいと思っているのに人間だけはそのときすごせるだけではなく死んだ後も子供や孫に残してやろうなんて考えるので人間は動物の中でも最もアサマシイ、不良な策略なども考える卑劣な、恐ろしい動物です。だから、本物などある筈はありません。ツマラナイことを考えないことです。また、あなたは精神病だなどと心配する必要はありません。また、「大学へ入る頭も気もサラサラありませんでした。就職する気もまったくなしです」というのは最も当り前の考えです。誰だってそんなことはしたくないのに他人がするからそうしなければいけないというふうに思い込んで、錯覚でそういう道をすすんでしまうのです。だから何もせずフラフラとしていられるだけはそうしていたほうがいいでしょう。ヒッピー族になったらそういう状態でいられます。また、「自分が安っぽい人間に思えて毎日がいやになる」なんてとんでもない考えです。安っぽい人間ならこんな有難いことはありません。安っぽいからあなたは負担の軽いその日その日を送っていられるのです。安っぽい人間になりたくてたまらないのに人間は錯覚で偉くなりたがるのです。心配なく現在のままでのんびりといて下さい。いちばんおすすめすることは行商などやって放浪すること、お勤めなどしないこと、食べるぶんだけ働いていればのんびりといられます。

深沢七郎先生

私は現在短大一年生、高校三年の夏、彼と学生村で知り合いました。学生村でも二十日間、それはそれは楽しい日々でした。彼は、社会主義、学生運動、哲学、文学、スポーツ遊び、すべて備えているのです。私が今まで知らなかった、そして私の周囲にはこれからも見出せないような男の子なのです。それまであまり哲学や社会主義に興味なかった私もそれからはいくらか本を読むようになりました。しかし決定的な二人の間の溝、それは彼が関西、私が関東に住んでいるという距離的な問題です。そんなことは手紙や電話で解決がつくとおっしゃるかもしれませんが、私がいくら手紙を書いても彼からはさっぱり返事がきません。そのことで彼を責めると彼は他人に返事を書いたことはないし、また書く暇もないというのです。私は彼を信じていますのでそのことはもういいのですが、やっぱり彼と会いたいという気持が強く、休みになると、京都、奈良を回るという目的で（自分自身にもそう言いきかせて）関西に行き、彼に会うのを楽しみにしているのです。会えば、とっても楽しいし、普段の私の世界とは全く違った世界に触れることもできるのです。私は彼と肉体的な関係ももっています。彼のそばにいると道徳や、社会の常識などどうでもいいから、ずっと彼と一緒にいたいと思うのです。しかし彼は、私が行けば、やさしく受け入れてくれるという程なのです。彼は私にとっては恋人であり、兄貴であり、友達であり、弟でもあるのです。そんな魅力の持主なので高校時代にもとてももてたらしいのです。同棲を申し込んできた女の子も二、三人いるし、女の子からつきあってくれと頼まれることもしょっちゅうらしいのです。その上、下級生からは尊敬、信頼されていることもわかります。そういう話をきいていると私は彼をとりまく女の子の一つの環の中の一人に過ぎないかなと思えてくるのです。それにしては彼は私の中に入りこみすぎています。私の生活すべて彼中心にまわっています。高校の頃の友達にもいわれますが、私自身が死んでしまったようなのです。高校の頃、交際を申し込まれて少し話をしたことのある男の子と今話をしてみると、「君は現在の僕があるということに非常に影響のあった女の子なのに、今君を見ているとあの頃から180°転回してしまっている」といわれるのです。私も彼のいない関東では、何に関しても無関心、無気力、常に何かを待っていて、現在はこれからくることの予備にしかすぎないのだと思っているのです。それこそ人間滅亡的人生です。だから男の子に対しては、全く興味が湧きません。彼に比べるとあまりにも強烈さが足りなすぎるのです。彼は「僕に接した女の子は他の男に興味がなくなる」と言っています。そのとおりなのです。その言葉が私の生涯の運命を予言しているような気がして、何かバク然とした恐ろしさがあるのです。現在のままでは私自身が死んでしまうし、余りにみじめです。彼は欲望のまま生きるような人なので、結婚などにとらわれず同棲して好きな女の子が新しく出来たらどんどん変える、という人なので、私は女として幸福な結婚を彼に望むことはできません。何年でも何日でもいいから彼と一緒に暮らし、そのまま彼が帰ってこなくなってもじっと待っていて生涯を送ってもかまわないと思っているのです。それにしても現在まだ互いに学生という立場である時、私のこの無気力、無関心はどうしたらよいのでしょう。どうか私を助けて下さい。

信濃京子

信濃京子様

貴女は男性というものを規格づけすることが必要です。規格づけをするという表現は適当でないかもしれませんが他にうまい言葉がないので、私が思うのに男は女に対して規格をつけ、女は男に対して規格をつけることが必要だと思います。例えば、男は高校時代もあれば、大学時代もあったり30代、40代、50代、そのなかには父親時代もあれば、ゴルフ時代、係長時代、課長時代などといろいろあります。

さて、そのあいだに男の規格というものがある筈です、規格——それは、値段という意味でもいいでしょう。とにかく、人間というものの値段は他の物——バナナやミカンやリンゴと同じように大体の値段がある筈です。なければいけないと思います。それは月給取りの給料などはよくその人間の価格をきめているとは思いませんか。月給が4万円の人間があるとしましょう。それは大学卒の入社価格だとしますと、大学生というものの値段は、大体、1ヶ月の生活費を3万円とみてきめると、高校生は2万円ぐらいの値段でしょう。この値段は誰でも、自分で対手の値段をつけるのです。だから、貴女と私では少しちがうと思います。ちがっても2千円から4千円のちがいだと思います。

さて、貴女は高校3年のとき男を知りました。それは、そこにあった品物が気に入ったのでそれを自分の体の値段で買ったわけです。それは、キャンプに行って、好きな熊の人形かなにかを見つけて、財布の全部をだして買ったのと同じです。もし、それが生きてる人間だったら、そのあとから従いて来るか、手紙などもくれますがこの場合あなたは熊の人形を抱いたこと熊の人形に抱かれたことに似ているのです。答えは簡単です、彼のような値段の人間はどこにもいます。いくらでもいます。あなたは彼を妙に買いかぶりすぎたのです。買物に慣れなかったから値段を高くつけすぎたのです。他の品物でいくらでも同じような玩具の熊の人形はいます。大いに買い歩きなさい。

深沢七郎様

人生は二種あると言われもしそうだとすると、選択の分岐点に立っている者です。二十二歳で遅ればせながら、社会秩序と人生と人間性を考え始めました。浅はかですが、私の恋愛歴が、性格、精神状態などいちばん反映していると思いますので書いてみます。

ある下級生に恋をした。（私は恋しい人の前に出ると赤面して何も言えなくなり、考えが麻痺し、震えが来ます。普通の人とはそうでもありません。）そのとき生徒会長をしていたので、恋しさのあまり彼女を学芸会の接待係に任命させたり、こっそり彼女の教室へ行って、座布団から伝わる柔らかい感触を彼女の心の暖かさとして受けとめ、彼女のちり紙の臭いは自分の心に忍び込む彼女の使者だと思い、彼女の箸は、今までずっと彼女の口に運ばれ、明日もまた運ばれるものとして私の口の中で快よく溶け合った。等々、私のせいいっぱいの気持でした。また「陰ながら見守っています」という匿名のラブレターを何通も彼女のロッカーに入れ、発覚したが担任の先生が私の父の教え子だったため大事にならずすみました。二人目は一年下で、恋人の尻をつけ回し手紙を出したところ、退学になるからやめてくれとのただ一通の返事を受けとり、涙ながら火に焼いた。三人目、一年年下、四人目、二年年下、五人目、二年年下、六人目、年上、いずれも尻を追い回し、破滅寸前のプラトニックラブで終った。七人目も二十一歳のとき、彼女のことを思いつめ失敗ばかり、彼女の前では何も言えず、彼女が書店にいるのを見つけ、ようやく「絶対に離しはしない」とただこれだけ言えたところ、彼女は一瞬全神経が打ちのめされ、宙をあゆむようにふわりと出ていってしまった。彼女は恐ろしくてしかたがないと告白したらしく、私は上役に大事が起きないように手を引くよう説得され、犯罪の一歩手前にて立ち止った。エゴイストで社会の法則、秩序を破り、人間的価値が全くないといわれても、好きなものは好きだと言いながら涙を流してしまった。それから彼女とは目の前にいながら約一年、一言も言葉をかわさず、（その必要もなかった。）退社した。

今まで七人の女性を追い回し、一度も受け入れられなかったし、失敗をくりかえすほど傷は深くなるようです。だが彼女達は全て、日本一の女性だと思っていたし、純粋化していたし、だれでも純愛が出来ると思ってきた。それと同時に、たえず女なんて者より私にはやるべき事があると思いながら何もしてこなかった。

『話の特集』の先輩方々を代表して人生案内をなさる深沢先生に相談したいことは、私のような痴漢的性格からぬけだし、おやじの葬儀の前で、教会のミサの最中で猛烈なロングキッスをする恋などしたいのですが、また愛をあたえることと愛を受け入れることとはそんなに違うものでしょうか。次に社会集団や血縁集団の近親相姦的きずなに苦しんでおります。たとえば、両親、兄弟、ある友人達は、平凡が最良の策だと言う一方、男なら、地位、名誉、金、女とオールマイティの人間となれ、名もなく、貧しく、美しく生きることは、現実逃避者であり、そのような考えは現実を見つめていなくて宙に自分が浮いていると言い、私と対立しています。先生のお考えをお聞かせ下さい。

下宿にたてこもり、気概ばかり吐き出し、何かが起こり立ち上がらせたり、何かの本で感激して行動しないかと空想する自分にあきれながら、毎日、自分の性格、自信、信念、ハッタリ、自惚、虚偽などが、新宿を歩き回る人々のように、どこへおちつくこともなく、ぐるぐる頭の中を回っています。どうか真裸にして、うぶ湯をつかわせて下さい。がむしゃらに生きたいのです。

向平晄（22歳　学生）

向平晄様

貴君の恋愛は正しいと思います。七人の女性に魅力を感じ、一度も受け入れられなかったことは変です。彼女たちは貴君をうけ入れなかったのではなく周囲に気がねや邪魔されてダメになったのです。だから貴君は社会の被害者だったわけです。気をおとさずにもっと、もっと、何回でも、何人の女性でも追いなさい。そのうち、きっと、貴君を被害者にしない女性を掴むことが出来ると確信します。そんなわけで貴君はそのことで不平を鳴らす心配はありません。女を得ても、名もなく、貧しく、美しく生きなければいけないということはありません。また、名もなく、貧しく、美しく生きる境遇になったとき、それに不平を言ってはいけないのです。また名誉とお金と女を得た場合でもそれは幸福なのです。平凡でも幸福なのです。貴君は現在、なんの心配ごともないのではありませんか、女が決まらないのは釣りをしていてサカナのかかる前の面白味もある筈だから、どうかもっと多くの女に当ってみることです。現在、どこへおちつくこともなくぼーっとしているらしいが、それは極上の生活だと思います。自信、信念、ハッタリ、自惚、虚偽が頭の中でぐるぐる回っているらしいが、そんなものは不必要なものです。女を探すことが貴君の任務だと思えばいいと思います。現在は学生だから学校のほうも上手にやってゆく必要があります。学校はデッチや小僧、見習い、徒弟、の制度に代わるものとして貴君が選んだ修業時間だと思いますから、そのほうもうまくやることです。女が決まって、食っていくことが出来れば貴君はエベレストの頂上を征服したと同じことなのです。現在の社会情勢ではこれ以上の具体的な答えは出来ません。どうか、よい女性が見つかることを……

親愛なる深沢七郎様

僕のつまらない悩みをお聞き下さい。

僕は勝負のできない男だ。極まるところ、勝っても腹が立ち、負けても腹が立つからです。仮に、将棋を例にとってみても、僕が三度続けて勝つとすると、妙に腹が立つ。それは連勝すると同時に、相手に勝たせてやらなくてはならぬ、という同情に近い気持を起こすからです。

ついつい手をゆるめ、わざと負けの道に導くようにする。それも、なるべくなら相手に覚られないように。

考えてみると、実につまらない事ですが。

そして、次には、その連鎖反応か、負けてしまう。すると、僕のエゴが負けた事だけに対して鋭敏に働きかけ、非常に腹が立つ。それも、絶対に顔には内心を表わさないで、畜生め！なんと小市民的な考え方の持主なのだろう。僕自身、僕が嫌になる。こんな事のくり返しでは、一向に僕自身成長しない。憎いね、僕が、相手が。

それにしても、この世から、勝つ、負けるという相反する二つの事象がなくなれば、どれだけかセイセイすると思うのに。
ところが、僕の従兄弟は、この世から勝ち負けがなくなれば、生きているという認識が日常性から一つ欠けてしまい、現代病が一つ増える事になると言うのですが。

高野健二（21歳　学生）

高野健二様

お手紙の文章の中の「腹が立つ」を「痛快になる」とか「さっぱりする」という字に書き直すことが出来ます。そのほうが前後の文章に正しくつながります。だから私は「腹が立つ」というところまでを読むとそこで「変だナ」と思いました。貴君にはなにも腹が立つという内容はないのです。勝つことと負けることを区別することは悪いことです。勝っても負けても同じことだからです。「小市民的な考え方の持主」というのはステキではありませんか。小市民的な存在は勝つとか負けるとかはたとえ全財産を賭けたことでも生活には影響しない、どちらでも大したちがいはないのです。つまり、小市民的な考え方は小市民的な生活でなければなりたたない。ひょっとしたら貴君はインテリ的、金持的なゼイタクな男が小市民的などと恐れているのではないですか。勝ってもオモシロクなく、負けてもオモシロクないという美しい、平和な考え方をどうか生かして活躍させ、延長させて下さい。勝ち負けがなければ「生きているという認識が日常性から一つ欠ける」などという考えはテロリズム、ナショナリズム、サムライ精神だと思います。勝つも負けるも日常生活には影響しないという小市民――（庶民と私は言います。）とは全然ちがった次元の人間です。

深沢七郎先生
私は毎日、毎日、惨めな思いをしております。どういう風に生きたらよいか分らないのです。ぜひ、助けていただきたいのです。
　私の職業はダンサー、年齢二十二歳、銀座醜子。八人兄弟の末子に生まれ、小さい時、母を失くしました。そのため周囲のものが、私を不憫に思い、私はあまやかされて育ちました。父は四百人程の人間を使っている会社の社長で暮しは楽です。今年、女子大を卒業するまで、私は、したい放題の事をしてきました。いいえ、したい放題出来るのに、何をしたいか分らなくて、何もしなかったという方が正確です。要するに、いつも退屈なのです、さみしいのです。人間が味わうことの出来る最大の苦痛は《退屈すること》だと私は思っています。小さい頃から、私はこの最大の苦痛を味わってきました。退屈して、さみしくて、いつも泣いていました。大学では退屈、無気力から解放されたくてムルソー（『異邦人』の主人公）の無気力の分析を卒論のテーマにとり、ムルソーをアウトサイダー（つまり「とるに足らない男」）から、「価値ある男」に引きあげるのに成功しました。そして私も同時に、救われたような錯覚をおこしました。卒論の成績は最高点で、私はしばらく得意の絶頂におりました。もう私は無気力ではなくなって、ムルソーなんか、踏みつぶして華やかに舞い上ってゆくような気がしたのです。今年の三月から四月は私にとって、人生最高の季節でした！　でも卒論という大仕事が終って、熱が醒めてしまうと、カミュの美しい文章も、サルトルの弁証法も、皆、うわ滑りの詭弁にしか思えなくなり、騙されたみたいな気がしてきました。そして再び退屈がやってきました。私は依然として、「何をしてよいか分らない」→「私は何もできない」→「私はとるに足らない卑(ちい)さな生きもの」→「さみしい私」。

私がこうなる理由は、私には良く分ります。私は経済的に恵まれて、しかも暇がありすぎるのです。さみしさを解消するには、一時的な時には酔っ払うのです。それでも駄目な時は多分、肉体を酷使するのが最上の方法だと思います。私は今、それをしています。学生時代、ソシアル・ダンスを習っていたので、私はダンスホールのダンサーになりました。安っぽいドレスのせいで、ガチョウみたいに醜くなって、何キロもほこりっぽいホールを歩き回って……。ニコヨンと同じです。労働、それは望んでしていることだから構いません。しかし、思えばダンサーは実りの少ない職業です。毎日、椅子に坐って、男の人が拾ってくれるのを、辛抱強く待っているのです。媚て、お金をもらうのです。お客から、お金をもらう度に、私は恥ずかしくなります。ダンサーになってから、もう二ヶ月たって、しだいに、それも平気になってしまいました。当然の報酬だと思うようになってきたのです。毎日、堕落していく自分を見ているようです。父は私が夜、何をしているのか知りませんが、彼の価値や、私を心配する心を思うと父が気の毒になります。私も惨めです。不思議なことに、私は自分で自分が悲惨だと思いながら、なお、「私は何かしているのだ」という実感、「虚(うつろ)でない私」という自分に満足するのです。私は矛盾しています。一方では恥じて、もう一方では、結構、その状況を楽しんでいるのです。なにも考えることのないその日暮しは楽しいものです。

現在、私の向上心は全くありません。本も読まなければ、勉強も、勿論しません。先生、私はお婆さんになってから後悔するでしょうか、貴重な青春を馬鹿らしいことに費してしまったと。将来、私は卑屈な自分を、ニガニガしく思うでしょうか。

問1、生きることは、楽しむことでしょうか、努力することでしょうか。

問2、今の私の職業を続けるのは誤りでしょうか。

問3、善、悪、あるいは価値の有無に対して私の決める判断力を信じてよいでしょうか。それとも一般的な観念を私に適用した方が賢明でしょうか。

問4、この世に情熱のない人間なんて、存在しましょうか。

私は横着なのでしょうか。

問5、私は欲求不満なのでしょうか。

銀座醜子

銀座醜子さま

あなたの手紙を読んで私はかえって力づけられました。かなり生活的に恵まれていて、女子大学を卒業して、かなりしたい放題の生活をして、それでも幸福だ、幸福だったとは思わない。つまり、人生は退屈で、さみしくて仕方がない、それが苦痛なほどだということ、なんと貴女は賢いひとでしょうと思います。また、なんと貴女は美しい心のひとだろうと思います。貴女は恵まれた生活をしてきたと思います。よく世間では、生活に恵まれないから不幸だということを耳にします、それはとんでもないことだということを貴女は私に知らせてくれたのです。私の考えていたこともそれと同じなのです。だから私は自分の考えていることにちからづけられたように思えるのです。

問1、生きることは楽しむことか、努力することかなどと考える必要はありません。なんのために生れてきたのか誰も知らないのです。それは知らなくてもいいのだとお釈迦さまは考えついたのです。彼は3千年前菩提樹の下で悟りをひらいたと言われていますがその悟りとはそのことなのだと私は思います。此の世はうごいているものなのだ——日や月やがうごいているのだから人間の生も死も人の心の移り変りもうごいているものなのだ、そうして、人間も芋虫もそのうごきの中に生れてきて、死んでいく、そのあいだに生きている――うごいている、誕生も死も生活も無のうごきだという解決なのです。だから、幸福だとか、退屈だとか、と考えることがいけないのです、否、そんなことは考えなくてもいいことなのです。否、考える必要がないのです、否、幸福だと思うとき、退屈だと思うとき、それは意味のないうごきだからどちらも同じなのです。そんなことは考えなくてもいい、もし、考えても区別したりすることは出来ません、どちらも無という意味のないうごきなのだから。

問2、あなたのいまの場合、ダンサーの職業は最もふさわしく、賢明な職業だと思います。但し、お金をもらうときに恥ずかしくなるというのはいけません。労働の賃金ですからドカタをやって、ゼニをもらうときになってゼニをもらうのが恥ずかしい、大学教授が月給なり年俸なり貰うことが恥ずかしいなどと思うのと同じです。

問3、善悪、価値の有無、これも考えなくてよいのです。あなたの善悪は、この場合、生活のうごきについてだけだと思いますから。

問4、情熱とか冷淡とかは犬やねずみが馳け足をしたり、ガリガリかじったり、ねそべったりすることと同じことです。気のむいたままにすることです。

問5、そのものズバリです。うんと沢山の男と性行為をして下さい。そして自分のもっとも好ましいという相手を探すことです、もし、結婚をするなら、昔の武芸者が武者修業をするのと同じだと思うことです。武芸者の修業も、結婚相手を見つけることも同じ修業だと思ってしっかりやることです。

深沢七郎様

僕は、決して人を尊敬する事はできません。この世界の始まったのも、自分が生まれた時からだし、終わる時も自分の死ぬ時だと思っています。メイラーを愛読しても、それは共感を得るからに過ぎないのです。そして目下の——というよりは年下の——仲間は勿論、自分の先輩、そして師たる方さえもないのです。そのくせ人の女に心を寄せ、頭を混乱させ悩むのです。男にとって恋愛など小さな事と思いながら、時にはそのために涙を流し、人生観まで変ったのではないかと思えるほどです。どんなに自分が人生に、あるいは学問に取りくもうと思っても、それは恋愛時の真剣さの半分にも及んでいるとは思えません。自身を神として、あらゆる可能性を自分の中にあるとして生きているこの二年間〈大学に入ってからの〉は、充実しているように見えながらも、そんな事を親しい友に話してみても、すでに自分の中にある強い偏見〈友に対する〉が心を和らげる事を許さないのです。

もちろんの事、見も知らぬ深沢七郎という人間に何の尊敬の念も湧いてはきませんが、見も知らぬからこそ、半分も自分の事を書けたか分らないこの手紙を読んで、感ずるままに、あなたの〝人間滅亡的人生論〟で分析、そして批判、あるいは笑ってほしいと思います。

S・N

S・N様

前の女性に対する答えがそっくり貴君に当てはまると思いますから参考にして下さい。外に、貴君は人の女に心を寄せ、頭を混乱して悩んでいる様子だがとんでもないことです。恋愛というものは精神病の一種ですが、麻疹や疱瘡と同じようにいちどかかって免疫になればいいでしょう。麻疹なども2度ぐらいする者がありますが、普通ならいちどで免疫になります。普通人はたいがいいちどは深刻な恋をするものです。症状はマラリアなどと同じように熱病の一種です。治療方法は、その相手に性交を交渉すること、嫌だと言われたらその女の向うずねでも靴で蹴ってやりなさい、そうして、さーっと逃げてしまうこと。何故、精神的に女を愛することは精神病の一種かと言いますと、異性愛、同性愛、母性愛、父性愛、兄弟愛、友情、とても神経的なことが多いので、それらはすべて精神病の一種です。人は肉体以外には存在価値はない筈です。食うこと、セックス、排泄、それ以外は不必要です。つまり、人間のうごきは、めし食うこと（なるべくうまいもの、うまく食わなければ損です。）くそ、しょんべんをすることザーメンを出すことの3つのうごきだけです、それ以外のこと、勉強仕事はその3つのうごきのためについてまわる動作です。

若く、学生である貴君よ、くれぐれも主客転倒しないように。

深沢さん
　ボクは高一です。歌も、ギターも好きで、顔も美少年です。芸能界に出て、大いに稼ぎまくってやりたいと思っていましたが……、先日、友達から聞いた話ですが、竹中学という人が、芸能界のボスのピンハネのすさまじいことを明らかにした本を出したことを聞きました。がっかりしました。
　ボクが芸能界にデビューした時、やっぱりそんなボス達にピンハネされてしまうのでしょうか。それを防ぐにはどうしたら良いのでしょうか。また、稼いだ金の税金が大変だというそうですが、税金のことはどうなるのでしょうか。深沢七郎さん、ぜひうそのない、ほんとのことを教えて下さい。　Ａ・Ｐ生

Ａ・Ｐ生君
貴君が友達から聞いたお話の本は竹中学ではなく竹中労という人の書いた『ナベプロを斬る』という本のことだと思います。芸能界ではプロデューサー、マネ

ージャー、芸能社などがあって芸能人を育てたり、売り出したりしてかせいでいます。そうしてボロもうけをしています。それは、今、はじまったことではなく、テレビが流行する以前、例えば映画会社などはスターを働かせてボロもうけをしていたときもありました。女優さんなどは社長や重役やプロデューサーにオマンコをさせればスターになれたこともありました。テレビが出て芸能社はテレビ関係が対象になれば商業会社だから金もうけについてはいろいろなことが起こります。そういうことをくわしく知らせたのが竹中労さんの本です。だが、そんなことは現在の世の中では当り前のことで製薬会社は人殺しをするような強烈なクスリを発売したり、川や空気を汚す工事会社があったりしても誰もマンセイになっているのでビックリしません。あなたもそういうことにマンセイになればいいでしょう。政治家が死んだらいつのまにかボロイ金持になっていた、牛乳をのんだら腹いたを起こした、道を通るにはゼニを出さなければ通れない、世の中にはそういう妙なことがいっぱいあるのです。竹中労という人は正義感が強い人なのでそういうことにマンセイになれない人間なのです、もし、そういうことを訂正しようとするならまずこの世の中の仕組みから改革しなければならないでしょう。

Ａ・Ｐ君、いまのところ残念ながら貴君が芸能界にデビューして、売り出して、ボロいゼニが転がり込んだとしましょう。その90パーセントは芸能界のエジキになってしまいます。もし、全部がその芸人自身のものになっても同じことです。若い、十代の少年が毎日百万円もかせいだ、そのゼニは芸能社に入ろうが、その少年のふところに入ろうが何のちがいもないのです。否、ひょっとすると、芸能社で巻き上げたほうが社会のためにはよいかもしれません。Ａ・Ｐ君、芸能界に出るにはそういう仕組みをよく知っておくこと、それにマンセイになることです。それからデビューすることです。税金のことは貴君がデビューしてかせいでから会計士でもやとって相談すればよいでしょう。

前略

まさか、自分の身の上に起ころうなどとは、夢にも思わなかった事実に、苦しんでおります。

夫が、同性愛者だったのです。

私と夫とは、見合いというよりも紹介結婚。昨年の暮れに、夫の友人を通して知り合い、今年の四月に結婚いたしました。

交際期間中は、明朗で、行動的で、そのうえ身体つきも堂々としていて、どう見ても普通の男性でした。ところが、お恥ずかしい話ですが、結婚してから、セックスの交渉があったのは、最初の一ヶ月半あまり。その後は、同じ床に寝ても、私の身体に、手を触れようともいたしません。私が甘えると、いやな顔をして、背中を向けさえするのです。

そして、ある日、二週間ほど前のことですが、私は、夫の秘密を知りました。

机の引き出しの底にあった三冊ほどのアメリカ雑誌。ぴったりした水着の男の写真ばかりのその本は、英和辞典を引いてみるまでもなく、同性愛者の雑誌であることがひと目でわかりました。

たった半年で、私の後半生は、メチャメチャになってしまうのでしょうか。今の私はただ黙って見ているしかないのですが……なんとか、夫を取り返したい。正常な男としての夫になってもらいたいのです。

私は、どんな態度をとったらよいのでしょうか。

長谷川波津子（23歳）

ハセ様

お手紙の様子だけではよくわかりませんが要は夫婦生活でセックスがないということでしょうか。ほかのことはよい旦那さまだったら、とてもあなたの心配するほどのことはありません。夫婦生活で、もし、旦那さまが身体が丈夫なのに、奥さんにセックスを満足させないということならそれは離婚の立派な理由になると思います。ところがあなたは夫を取り戻したいと考えているのですから、おそらく、きっと、よい旦那さまの筈です。だから思いすごしのようだとも思えるので、実際には奥さまにセックス的な欠点があるのではないでしょうか。セックスは個人差でかなりちがいがあるのですから、あなたがあまりシツコイと相手に魅力を失われてしまい嫌われてしまいます。また、あなたの気ばかりあせってあなたの性器に欠陥はないでしょうか。いちど、専門的によく考えることも必要です。世の中にはいちどの性交で嫌になってしまう性器もあるのですから、1ヶ月半も性生活がつづいたならそんなに心配する必要はないと思います。よくよくあなた自身を考えて下さい。

同性愛の本が机の中から3冊出てきたことを恐れてもいるようですがお手紙の様子だけではその点ではあなたの思いすごしではないかとも思われます。人にはいろいろな趣向があって、そんな本を珍らしがって集める人もありますが、それは、その反対な性質の人にも多いこともあるし、また、珍奇なものをただ集めたり、眺めたりすることに興味をもっているものなのです。私が思うにはあなたの旦那さまは割合さっぱりした、あまり助平ではないような人で、奥さんに、ちょっと、セックスの点で失望しているようにも思えるのです。それでなかったら、一ヶ月半も性生活がつづいたのに嫌な顔をするというのは変ではないでしょうか。

赤い薔薇、緑色の海、青い空、白い砂浜、黄色い風船、雨の波止場……美しいものが大好きです。

美しければ男女の差なくあこがれてしまいます。醜いものは絶対に許せない気がし、現実の恋には満足できず、夢とも幻想ともつかない恋を慕っています。そのくせ女と性行為を求めその最中に夢の中の人を追い求め愛撫している人の存在を忘れ、鏡を見るのが好きで、女は男よりも劣り同情すべき人種だと考え、女性との行為では精神的満足感が得られず、うす汚れたものに感じられます。しかしうす汚れた関係、行為が嫌い……ではないのです。好きでもない漫画を描いてメシを食って行こうと考えているくせに毎日詩ばかり書いて過ごしています。だが特に詩を書くのが好きだという訳ではないのです。

横尾忠則の絵はグロテスクだから嫌いで、スナワチ横尾忠則が嫌い！　だという事につながってしまい、その反対に宇野亜喜良の絵は美しくロマンチックだから宇野亜喜良もロマンチストだときめつけて好きになってしまうんです。

アラン・ドロンは悪人でアンソニー・パーキンスは善人だと

根拠もなく信じてしまい、週刊誌を読むのは好きだが、書いてあるのは全部でたらめだと思い、ベトナム戦争にも無関心で、自分は精神分裂症だと考えている十九歳になったばかりの少年です。しかし絶対に心から悩み考える事など一生する事（機会）がないこともわかっているのです。決して不幸ではないが幸福にも縁遠い事も知っています。――しかし、このままの状態で年をとるのが少々不安なんです。

堤あきら（仮名）

堤あきら様

貴君の生活態度は一部を除いて、その他はステキです。まず悪い部分をとりだしてみますと、

現実の恋に満足しない、夢とも幻想ともつかない恋を慕ってゆくこと。

とんでもないことです。若い日のあやまちとでも言いましょうか、空想とか幻

想とかを恋に結びつけることは間違いだと思います。恋に現実とか幻想とかある筈はないと思います。だいたい、恋などというものはないのです。人間は肉体があるだけで精神的なものがまじっていることは精神病の一種なのです。現代には恋という言葉すら実在しないのではないでしょうか。精神的な恋などというものは、もし存在するなら肉体の病気——天然痘、はしかのように誰でも一度は冒されるものです。一度冒されればそれで免疫になってあとはそんな病気にはかかりません。それが証拠には昔の人でも、恋などということは生涯で一度か2度ぐらいしか出来ないものなのです。その病気が重症な場合は長い間病んでしまいます。『若きヴェルテルの悩み』という本を知っていますか、あれなど完全な狂人になってしまったものです。もし、恋などというものが貴君にとりついたら病気だから直すことに心掛けて下さい。恋は存在しないが異性の肉体はあるのです。それは道具なのです。ナベや洗面器、ギターや電気ヒゲソリ器と同じように道具なのですから使うこと。道具に精神などありません。また、道具でもあったり、ビフテキやハムのように食べものでもあるのです。異性の肉体はハムを食べるように使って満足し、たのしむものなのです。

次に、グロテスクが嫌いでロマンチックが好きということも矛盾しています。赤い色や青い色があるのと同じように、グロテスクやロマンチックも精神的なものなのです。だから赤いバラ、緑色の海が貴男は好きなのに、グロテスクな画が嫌いでロマンチックな画が好きだというのは変です。花は紅、柳は緑と言って、赤くても、青くても同じ色なのだと思います。貴君にはグロテスクは案外、美しすぎるのかもしれませんよ。また、自分を精神分裂症だと考えることは妙です。以上のことでそんなことは消えると思います。このままの状態で年をとるのが不安ということはないと思います。年をとるのはその日その日のめしを食べることと同じだからよいとか嫌いとか言えるものではありません。天から雨が降って地上の低いほうに流れることと同じなのです。

次に貴君のよいところをあげますと、美しいものは何でも好きということです。自分でよいと思うものは好きでいい筈です。好きでもない漫画をかいてメシを食おうと思いながら詩ばかりを書いている、その詩を書くことも好きではないということ、これはステキな人生です。アラン・ドロンは悪人でアンソニー・パーキンスは善人だと根拠もなく信じることもよいことです。反対にアラン・ドロンは善人で、アンソニー・パーキンスは悪人だと思い込んでもいいのです。不幸ではないが幸福にも縁遠いと思っていること、素晴しい生活態度ではないですか。それ以上は誰ものぞめません。また、無職ということもステキな人生です。19歳や20歳で職業などあること、それは、そのヒトの人生が地獄だと証明することなのです。では、いまのままで、ぼーっと、日をすごすことに不安を抱かないように。

深沢七郎様

どうぞ、ボクに関する小辞典を読み、その際、ボクが正常な人間かどうか判断して下さい。

その1　生まれた年、昭和二十四年　生まれた月、十二月　生まれた日、十六日　生まれた場所、大阪――でもボクはこれを信じない。生年月日などは父や母から聞いて、それを堅く心から信じている結果である。ボクは父や母を信じない。だから生年月日も信じない。

その2　初恋の思い出がない。愛するという感情がボクにはない。女をセックスの相手としかみない。これはダメな思想なのか。

その3　友を作るのがイヤだ。なぜなら友を作れば〝自由〟が失われるから。そのくせ一人ぼっちもツライ。だが自由が失われるぐらいなら死んだほうがましだ。

その4　青春！　青春！　青春！

人生なんてたった一度とは思いたくない。一度ならば、誰がこんなに無意味に過ごすものか。

小寺広治（19歳　学生）

小寺広治君
貴君の考えかたは私とよく似ています。私ならこのメモのような考え方は70点ぐらいだと思います。正常な人間だとかなんて考える必要はありません、貴君と同じ考えの者がここにひとり、私がいるのです。だいたい正常だとか考える基準はなにもないのです。しっかりして下さい、自分で何もかもきめるのですよ。
（その1）を満点（その2）の中の「これはダメな思想なのか」は消してよい。消せば満点です。（その3）も満点。
（その4）テンデダメ。零点です。青春なんてものは自分で考えたり価値づけるものではなく、20歳の青春もあれば25歳の青春もあり、40歳、50歳の青春もあるのです。生きていることは青春ということです。合計70点です。

今、浪人中の学生です。自分の存在についてお尋ねしたいと思います。というより、何らかの方法で自らの存在を証明していただきたいのです。ぼくは永久に生きていたいという欲望のみひたすら強いのです。その一つの方法として、もし宇宙が空間的、時間的に無限ならば地球とそっくりの星がどこかに在り自分がどこかにあるという確率がたとえ何億分の一としても、ありますから、無限の宇宙には無限の自分がいることになります。が、宇宙は時間的にも空間的にも無限ではないのですから、自分は、最悪の場合、今生きている自分しかいないことになり、自分の存在はごく限られた、ほんのわずか、つまり無視できるほどのものとなり自分は存在しないのです。ぼくは死の後にある自分の否定を極端に恐れるのです。いったいなにが〔絶対〕なのでしょうか。最も絶対に近いと思える宇宙ですら絶対ではないのです。何を信じたらいいのでしょうか。何を基に自分の存在を証明したらいいのでしょうか。もし人間が無限に存在するのなら、ぼくの恐怖はなくなるでしょう。そこまでは妥協できます。が、宇宙の死の後は気が狂いそうになる位恐ろしいの

です。ぼくに絶対なもの、自分の存在の証拠を示して下されば
うれしいのですが。
西島文敬
p.s　人間として生きるということは、いかにして自分が長く
生存するか努力することなのでしょうか。

西島文敬君
人間として生きるという言葉を私は信じません。生きるではなく生きているのです。ただわけもなく生きているのが人間です。動物もそうです。原子核のまわりを電子がまわっているそうですが、それは、エネルギーがあってうごいているのではなく、うごいている状態なのです。ただ、わけなく、地球もうごいているのです。うごいている状態なのです、人は生きているという状態だけでいいのです。つまり人間はうごいている状態です。うじ虫、芋虫も同じだというのはそのことなのです。貴君も、私も、うじ虫も、芋虫も、ただうごいている生きものな

のです。外になにも考えないこと。

深沢七郎様

気の向くままに相談申し上げます。

〝あなた、コミュニケイトできないのね。つまり、今の環境に適応できていないのよ。気の毒にね。〟同僚からこんな風に言われる毎日を過ごしています。教師の仕事がいやでいやで登校するのが苦痛な日があります。生徒にすまない、教える力がない、自分に向いていない、こんなひとりごとを長い廊下をたどりながらくり返しています。食うために、そして、何とかやれそうな気持で、はるばる故郷へ赴任したのですが、もう逃げたいばかり。表面的には生徒とも同僚ともうまくいってるようで、これは若いということだけが理由。顔で笑って心はますます醜くゆがんでいきます。以前は、どんな商売についても何とか生きてゆけらあと思っていたのに、今となっては何もかもメンドウだ、この世から消えたいという思いが強くなりました。絶対に死ねる方法をいくつか考えて、まだ実行する段取りはつかない状態。生きるもこわし、死ぬるもこわし、正直な所。

ヘルメット片手の下の弟に会っては闘争心を燃やし、金融関係に就職が内定した上の弟に会っては、ケチサラリーマンの行末を侮蔑し、『話の特集』やら、『マルカムX自伝』、徳田秋声、高橋和巳他手当り次第読みあさって景気をつけようとするのですが、ますますこわくなってしまいます。

この臆病な心をどう始末したら楽になれるでしょう。

将来を想像するのが嫌いで、なるたけ、刹那主義的な生き方を選んできましたが、それももう自信がなくなりました。なぜなら、前に現われる人間の殆んどが、死ぬことをひとつも考えないような、頑固なオトナみたいな人間だからです。そんな奴ばかりのこの世を離れられたら、身も心もすっきりと、後のことはどうでもなろうさ、と思うのです。小学生になるときから、勝手に生みやがって、と親に恨みごとを言う子供で、中三の時、クスリを飲んで死にかけたことがあります。だから、二度とは失敗したくないと思うと、完全な死にかた（しかも趣味に合った）はなかなか実現できません。なにか、いい薬を手に入れる方途はないものでしょうか。

実際、心の弱い人間で、どうしてこんなになったか、と自問したくなるようです。大学一年の入学式の日、父親が急に病死した時から生きるのがつまらなくなったと言えそうですが、時には、面白い目にもあえたので、のんべんだらりと今日まで生き延びてきたわけです。これ以上、自分を甘やかすことは許せません。

死ぬために最も参考になる心のもちかたはどんなものでしょうか。

話が散らばりまして、申し訳ありません。やっぱり、死んだ方がいい、死ぬべきだ、と思います。そのふみきり台になるようなことばを下さい。お願いします。

H・E

H・E先生

とてもステキな考えかたと、悪い考えかたを持っているようです。文中の「この臆病な心をどう始末したら楽になれるでしょう」というのがいけません。その日、その日の生活に景気をつけようとすることはいけません。だから臆病になるのです。毎日、毎日の生活を、文中の「将来を想像するのが嫌いで、なるたけ、刹那主義的な生き方を選んできました」というところが最高なのです。なんで死ぬことを考える必要がありますか、生きている日、そのときだけが人生であり、一生なのです。つまらないことを考えないで刹那主義でいることです。教師というのは職業で、仕事です。生徒なんかに苦痛を考える必要はないのです。月給だけの価値の働きをすればいいのです。それ以外を考えることは教師としては悪いことだと思います。

深沢七郎様

高校二年の女学生、毎日きめられた時間にバスに乗り、きめられた時間に学校につく、そして、きめられた授業に出席する。私の身の回りに、きめられていないものは、はたして何があるのだろうかと疑問でならない。きめられているものがすべての点で悪いとはいいきれませんが、あまりにも自主的に考え、行動する場面がないような気がします。ある人は、きめられた中で自主的な行動をとれといっておられましたが、私には納得がいきません。先生の率直なるご意見がお聞きしたいのです。よろしくお願いします。

小山富子

小山富子様

高校に在学しているあいだは、学校というきめられた時間の中に入れられて、毎日、そのワクにはまった生活をすごすのであります。だから御質問はその点、どうしようもないと思います。高校3年間のあいだは、つまらないと思っても泣き寝入りで我慢することですね。だが、学校のワクの中で少しでも余裕のある時間が得られたらそれがあなたの真実の時間です。そんなときは少い時間だと思いますが大切にすることです。学校の中のワクに入った時間はなるべく負担を軽くするようにすることです。つまり、学校のことはよいかげんですませることです。あまり勉強などして成績をあげないこと。他の生徒の中位でいいでしょう。自信があるならなるべく下位の成績でもいいと思います。ただし、そのなかで自分の好きな授業や、生活は大いにやることです。早く、3年間が終ればいいと思うことですよ。「きめられた中で自主的な行動をとれ」などはとんでもないことです。きめられたワクの中になんで自主性がありましょうか。嫌いな水の中に入れられているのに、「その中で好きな生活をしろ」ということに似ていませんか。刑務所の中に入れられているのに、「そのなかで自分の好きなことに熱中しろ」ということに似ていませんか。とにかく学校というものに入っているあいだは、水の中にでもいるように不自由なことです、学校は刑務所に入っている期間とでも思い込んでいることです。

僕は完全に理想的人間像であると思います。紳士で、感情が豊かで、デリケイトで、適度にワイルドで、それで、そういった要素は、すべてはかりにかけて、按配し、そうして、振舞っています。よう考えんでも、演技だということは、わかりきっています。まさに、完璧な演技であります。——人がみたら、よう考えたら、ますます演技ではないように思うと思います。それ程近頃の僕は、一段と冴えてきたように自分自身思うのです。

せやけど、幸福とは精神適応状態の意識的側面とするなら、かなりの欲求不満です。僕は、正直な僕は、かなり露骨な、スケベエ根性を持った独りの人間です。演技します。

よく考えてみました。僕はマイホーム主義者で、かなりの日和見主義者です。いまの不幸の原因は、それの為の、一つの代償だと思います。

ここで一つ、態度を変更するべきだろうかと考えます。客観的にみて、正直な答えを下そうとすると、事態は混乱するばかりであります。

やはり勇気でしょう。僕に欠けているものは勇気でしょう。それは絶対にないと言い切れます。せやけど、いま不快で、不幸で、ですから厭です。やっぱり、いわゆる、僕の行動が本当のものとなる必要があります。そこで僕の演技が完成されるのです。勇気をつける方法を教えて下さい。答えは、できるだけ具体的直接的に答えて下さい。なるべく安易な方法を教えてくれれば幸いです。

烏野博文（19歳　学生）

烏野博文君

まことに嬉しい質問です。正直な悩みです。なんとも言えない清潔な悩みではありませんか。貴君は他者に対して演技的行動をしているけれども、もっと飾りのないスタイルになろうと努力しているのですね。人間というものは自分の部屋で、自分ひとりだけいる場合と、来客などのあった場合では誰でもちがうものです。それは、それでいいと思います。だから、貴君が演技的行動をしているのも、いままでどおりでいいではないでしょうか。世の中には演技的行動をしない、地のままの態度をする者があって、それは、とても美しく感じます。だがね、そういう者も演技なのですよ。きわどいところで、美しいところだけ見せているのです。例えば、「俺はバカなんだ、スケベエなんだ、彼女にふられてしまったよ」などと、平気で言える人は、そもそも、演技のツボを心得ているのです。そういう人だって本当の姿は出せないのです。何故なら、人間という奴は誰でもキジを出せば同じ物だからです。それで、適当に演出をしているのです。個性だとか、なんとかいうのがそれです。個性とは演出の相違なりです。人間は欲が深く、汚く、食いしん坊で、スケベエです。どんな人間だってそうだから、「あいつはいい奴だ」などと言うのはダマサレているのです。だから貴君が態度を変えても、変えなくても貴君に変りはない筈です。御質問はまことに可愛い質問なのです。それは幼稚な悩みだからです。ただし、演技的行動はどこかで尻ッポが出るものです。尻ッポが出るところがいいではないですか。貴君はときどき尻ッポを出してごらんなさい。とても愉快な遊びですよ。それは他者も自分もコッケイに思います。コッケイ以外に人間の美しさはないと思います。私の人間滅亡教はコッケイだけはどうすることも出来ないのです。それほど、尊く、美しいものです。

深沢七郎様
私は現在、労働者となっております。
資本のある機械につかえるために
今日まで油の生活をしてきました。
ところが人間滅亡的人生案内に書く
までに来てしまったのです。
それというのは毎日同じ仕事、
一日中ネジをまわし、
タイムレコーダーから
人間らしからぬカレンダーの丸じるしの中を
歩いてきました。
チャップリンの映画ではないけれど
仕事が終っても女性のボタンがネジに見えて
それをまわしかねません。
そうなれば病院に行かなければならないし
それで人生が終るものなら悲劇といえるでしょう。
そこで日常の生活で求める自由とは

家庭であり、街であり、自然であり
自己の能力（たとえば趣味）の自由で
あります。
私は詩とか、絵とか、芸術的な物を
創造することが好きです。
美とは何か、芸術とは何か、
それら疑問的なものを追究することに
生まれてきたのだと想いもします。
しかし、社会という大きな奴が現実的に
うごき拒絶するのです。
それには着想とか、洗練という言葉が必要でしょうし
それらの思考に対しての行動を飛躍し課題と
していかなければならないの
でしょうか。
私はどう生き、どんな道に進めばいいの
でしょうか。
私達の世代というのは政治、仕事、結婚、

など人生に対して疑問をもち苦痛で
嘆息しております。

裏井孝司（24歳）

裏井孝司様

どう生き、どんな道に進めばいいという答えより、貴男の場合は仕事の外に詩とか、絵とか、小説を書きたいようです。それは大いにやったほうがいいです。ただ、他人に読んでもらったり、見てもらうためではなく自分のためにすることです。もし、自分のために満足出来るものだったら他人も満足する筈です。そんなものが出来たら世間はみのがしません。社会という大きな奴が拒絶するというがそんなことは絶対にありません。着想とか、洗練などということはその人の考え出すことでどんな規定もないのです。そんなことは自分で考えだすことです。自分のためのものだから。現在の生活方法は自信を持っていいのです。毎日同じ仕事だと言いますが、毎日同じ仕事だからいいのです。仕事は食うためのものだから給料さえ貰えばいいのです。仕事はその人の人生に何の関係もないのです。仕事はめしを得る方法で、そのほかは考えたいことを考え、したいことをすればいいので、目下、貴男は平和な日を得ている筈だと思います。

私はごく普通の少女だと自分で考えています。この手紙を書く理由も実はよく分らないのですが、毎月いろいろな人たちの文を読んでいて、何となく刺激されたのです。

昭和四十二年の末に、父を亡くしました。脳いっ血です。でも、父は胸も悪かったのです。とてもよく太っていたので、それを知った時は驚いてしまいました。でも、それが相談の内容ではありません。

私は小学校五年ぐらいの時から小説に興味をもって、いくつか短篇を書きました。学校の先生もほめてくれたけれど、雑誌に投稿しても一篇を除いてはみんな落ちてしまいました。書いた時はみんな自信があるのですが、落ちてみると、なるほどと思わざるを得ないのです。

亡くなった父は、新聞を発行していました。土地などの専門紙です。若い頃から遊びがひどくて、母を苦しめました。妹に会わされた時は、私もショックでした。でも、私は父が大好きなのです。

他の人が父親をどう愛するのか知りませんが私は父が結核と

知っても、夜はいっしょに寝たかったたし、そばにいたくて仕方がありませんでした。よく、坐っている父の背におぶさったり、寝ころんでいる上にまたがったりしました。自分の創作を父に見てもらうのも喜びでした。

病気は悪化し、入院しなければならなかったのに、父は相変らず働かなければなりませんでした。父を殺したのは自分かも知れないと思っています。父のためにも、経済的にも、私は働かなければいけなかったのに、そうしなかったのです。私は、父の倒れた日だって友人に向って、「今の私は世界で一番幸福だ」と断言したほどです。そのすぐあとに父が倒れたという電話を受けました。私は父の死を予期していたのです。

私は、今母方の郷里の神戸に住んでいます。でも、愛する故郷、名古屋以外の街はどこも大嫌いです。

神戸にきて、一人っ子の私がいよいよ働かなければ生活できないのに、やっぱりめんどうくさくてならないのです。十日ほど行くと休んでしまいます。今度もよい職場に入ったのですが、盲腸の手術をしましたから、クビになるかも知れません。そんな状態なのに、一日に一〜二枚の割合で小説を書いたりしています。

そして、今、とにかく何をするのもいやなのです。できれば毎日家で寝ていたいのです。以前父にしたように、誰かに思いきりもたれかかったり、腕を組んで歩いたり、したいのです。それが私の相談なのです。

小説のことを書きましたが、それにしても今のところ劣等感が育ちすぎて情熱ももてないし、たまに書きたい題材があっても、どこから手をつけてよいのか、全くとほうにくれてしまいます。コンプレックスがあるのです。

私は恋人もボーイフレンドもいないし、女の子の友もありません。大変寂しいことだと思っています。とにかく、私は寂しくて甘えたいのです。

小説の他に、短歌や短詩（一行詩）もやりますが、いつも選外佳作です。とにかく、パッとしない女の子なんです。

森充代（17歳）

森充代様

おとうさんが亡くなられたことを気にしているようですがそんなことは不必要なことです。なぜなら父と子は生きているうちだけの関係ですから一方が死んでしまえば現在、父娘の関係はないのです。生前、おとうさんは苦労したようですがそんなことは当りまえですよ、誰でも生きているうちは面倒臭いことがあるのですから、とくに、あなたのおとうさんの苦労したことは貴女に対して苦労したようですが自分の子供のために苦労するなんてことは親として当り前のことです。否、自分の子供のためには苦しみなど感じなかった筈です。だから、貴女のおとうさんは生前、苦労などしていなかったのです。喜んで何事もしたのです。ツマラナイことを考えないことです。また、貴女は小説や詩を書いているのですが、「コンプレックスがあるのです」というのはどうしたことでしょう。好きで書いているものにコンプレックスを抱くということは自分を偽っていることです。自分のもの、自分だけのものになぜコンプレックスを感ずるのですか。これも余計な、ツマラナイことに神経を使っていることになります。また、恋人も、ボーイフレンドも、女の子の友達もないので大変寂しいことだと思っているのはどうしたことでしょう。そんなものがあるのはウルサイのです。ないからウルサクないので幸福なのです。寂しいなどと感じたときはそういうものを作ればいいでしょう。もし作れなくてもボヤくことはありません。作れないものは作らなければよいのです。それは貴女に不必要なものだからです。寂しいなどと思うのは食事をするときおかずがマズイと思うのと同じです。腹が減ればオカズなどなんでもいいのです。つまり、ほんとに貴女は恋人、友達に対して飢えていないのです。もし、寂しいなどと思ったら恋人や友人などなんでも、誰でもいいのです。どれでも同じようなものですから。

私は断じてニヒリストではありません。しかし、沼の水面の下層の方から、ニヒリズムの手が僕を招いているのです。そして、水面で鴨の様にもがいているのです。

貴方は、おそらくニヒリストではないでしょう。大変なロマンチストであると想像しております。

僕は現時点において、一般市民よりも多く深く知識を、身につけていると自分で想っている人が、余りにもニヒリズムに傾倒している様に思われてなりません。それに傾倒しているのが悪いといっているのではありません。大概の人が見せかけなのです。さらに悪いことに、自分が見せかけだということを感じていないのです。

僕がこんな事を書いたのも、羽田、佐世保の一連のデモに参加している学生達の脳裏の奥深くどこかに、どっしりと鉄のカーテンよろしく、このニヒリズム、さらに発展してヒロイズムが巣喰っている様に思われたからです。

僕みたいに、デモに参加しないで、考えあぐんでいるのは、まだ無思想だからでしょうか？

日本育英会は、僕がデモに参加しない口実を与えました。

僕は全学連に対する石原慎太郎氏の御意見に賛成です。賛成というよりも、痛い所を指されたからです。止むを得ず手を上げるのです。

学生デモに参加している学生達は、僕等をつかまえて、無関心な学生、無気力な学生と言っているのです。彼等は、これ見よがしにヒロイックに装い、行動しているのです。

貴方はどういうふうに御感じになっていられますか?

山口博（20歳）

山口博様

貴君と私ではニヒリズムの考えかたが違っているように思われます。また、ロマンチストという意味にも相違があるように思われます。ニヒリズムの学生は、学生デモに参加するとか、しないとかなど全然関係のない考えだと思います。参加しても、しないでも、どちらでもいい行動をとると思います。この国が戦争にまき込まれれば困るからデモをする。そういう考えかたは若い者のロマンチックな考えかただと思いますから、デモの学生たちはロマンチストだと私は考えます。

若い人が若い感傷をするのは当りまえだと思います。若いときは感激や感傷があっていいと思います。それは、恋愛でも政治でもなんだって材料になるのです。また、それはヒロイズムだという貴君の考えにも私は相違を感じます。武力を止めさせようとデモをすることがなんで英雄を崇拝することになりましょうか。貴君は学生デモに対して無気力、無関心だと言われることに不満を感じているようですが、そんな考えかたをするのは卑屈精神ではないかと思います。そんな弱い考えかたは、たとえば他の友達が流行のセーターを着ているのを、自分が着ていないから淋しく感ずることと同じだと思います。「これ見よがしにヒロイックに装い、行動している」などと思うことが卑屈なのです。他の学生がどんなことをしていても貴君に関係ないことです。貴君は自分の意志だけで他には関係なく考えていればいいのです。デモの学生たちはおそらく徴兵制度の予防に尽していることでしょう。過去の若者は強制徴兵された苦い経験を持っているのですから、デモ——学業放棄——戦争もまた学業放棄の道です。どちらにしても学問などしていられない世の中になるのです。平和でないかぎりは。くわしく書くと判りにくくなるので簡単に説明しますと私は戦争に反対です。他国の戦争で経済がよくなるなら、いつまでも戦争がつづかなければなりません。そうして、他国の戦争のために、富み、栄えるという考えが平和を破るのです。貴君は現在、自分の周囲が平和だからそれでいいんだという無関心なら私は肯定します。なんでニヒリズムが貴君を招いているものですか、貴君を招いているものは、なんにもわからない真っ暗な社会——国——人間たち——が住んでいる恐ろしい世の中が待ち伏せているだけです。

深沢七郎様

ぼくはいま十九歳、むだに費した三年間はすでに全く過去のものとなりさがり、そのことを認識した現在ですら、刻一刻、その末端部から朽ち果てるように過去へと変化していく過程を見ることが可能と思えるほどです。ここ数年来、ぼくは時間というものをほとんど問題にしていなかった。彼方へと過ぎ去っていく時間など、この何かにとらえられている、とらえられかかわり合いを持つということの重要性からして、そのことが時間のもつ問題からはるか遊離していようとも、さらに、ぼくの問題に近接していうなら、絶え間なく過ぎ去り、起こり消えていく現実の中にあってすら、悩んでいる人間はその苦悩にどれほど執着し、他のすべての問題から隔絶していようとも、自己にして、他者にして、とりわけ前者にして、それが可能なのかどうか、だがぼくは可能だと信じていた。他のすべてを抹殺し、逃避するのではなく、必要としないのであり、ただひたすら個体の問題に執着することが可能であるとして、このぼく（＝自我）の現実存在の理解不能というものにとらえられ、なかば強制されて、ほとんどいきづまりを予見しつつも、第一の扉が開かれなければ第二の扉は開くことないということをまるで信じているかのように、もう信仰みたいに思考を感情を交錯し続けてきた、ということにより、三年の月日を経た今日になって忘れ去られていたはずの時間の復讐を食うことはとりわけ意外ではなかったとしても、だが、それにしても、三年間の、何ら本質的には変質のきたしていないこの疑問とぼくがこのままからみ合いつつ、またしても、時間の流れに逆いながら時の上をうごめきとどまっていてよいものかどうか、もうぼくには「かまわない」というほどの独断を進めることは不可能です。ぼくが掌握可能な自我の現実存在に出会って以来、この存在の裏を探ろうと血まなこになったにかかわらず、一時も呆然としなかったことはなかった。呆然となりながら恍惚とならなかったことはなかった。深沢先生、答えて下さい。ぼくには何ものもなく、すべき何ものもないのです。ただあるのはこの解決不可能なものだけです。ぼくはこれから何をどのように操作し生きればいいのか、それとも、ぼくのこの問題は単に、政治的現実、社会的現実、さらに自己の現実逃避から起ったにすぎず、無能な扉はまたぎこせということなのでしょうか。もう、ぼくは判断する力がないのです。

O

誌上匿名のO君へ

お手紙の内容は、とても複雑に書いてありますが簡単に言えば貴君は時がたって、年をとるがなんの変化もない、歳月がたつがなにもしないのに年をとってしまうということにアセリのような、淋しさのようなことを抱いているのではないでしょうか。もし、そんなことだったら決して悩む必要はありません。もし、そんなふうに年月がすぎるならこんな最高な生活方法はないのですから、何もしなく、何も考えなく日をすごすことです。貴君は何もしないのは最高だが、何か考えることが最も悪いことになるのです、まア、恋だとか、性欲だとかは何もしない、何も考えないことだろうと思います。セックスだけなら（精神的なものを持っていないなら）小便やウンコをすることと変りないことで、また必要なことです、とりあえず、貴君は何も考えないでアルバイトをして、食うものは沢山たべて、19歳ですから1日1回のオナニーをすること。ほかにオンナを探して、キッスや性行為をすることに時間をかけることです。

深沢様

二十五歳の造花職人です。小説を読むのだけが好きなので、ある私立大学の文科に入ったのですが、生来のなまけ者の為、まじめに単位を取ってゆけなくて、国文学関係以外の語学や数学等の学科はみな落とし、めんどうなので三年ほどで中退してしまいました。父がいなかで商店をやっていたので一人息子の僕があとをつぐとよかったのですが、仕事がいやなので、自分一人の喰いぶちかせぎに今の町工場に入社しました。そのうち父がたおれると実家の店はつぶれ、母は間貸をして暮らしているようです。仕事はつまらないけど、今すぐやめたいという程でもありません。仕事が終ったあと古本屋をまわるのだけが楽しみです。入社した当時は大学中退というので、中学出の社長や他の社員達はちょっと敬遠していたようですが、近頃は、グズで陰気臭いクソ真面目なだけが取柄の変り者ということでケリがつき完全に無視されております。そのことは人間ギライの僕にはかえって幸いです。酒もタバコもやらないし友人もいないので金はほとんど本代と映画代になります。本を読むといってもむずかしい本ではなく、『大菩薩峠』や谷崎潤一郎の『お才と巳之介』『おつや殺し』、近松や南北のもの、落語全集等が好きです。映画は股旅物ややくざ映画。ピンク映画はストーリーが陳腐でベッドシーンがキタナラシク女優がブスなのでキライです。僕はまだ童貞なのです。いわゆる女の人がキライなのです。話していても、その無神経さ、頭のワルサ。思いあがったキドリ。いわゆる女の愚かしさがガマンならないのです。僕は他人が僕をどうみているかという事にはほとんど興味もなく、平気でいられるのですが、それは相手がこっちも興味のない男の場合にかぎられていて、愚かしい女が僕を小馬鹿にするのは決してゆるせないのです。僕は容姿が貧相でどもりで陰気くさく、いわゆるカッコよさがないので女性にもてないのはあたりまえなのです。しかし、それもあまり重要なことではありません。問題は、僕には性欲があるのだけれども、現実の女が、イヤなのです。男もキライだけれど、これは問題ではありません。僕は女ギライではなくて、若さの為の自意識と女から軽蔑されることからの恐れからの女性恐怖症なので、タワイない事だという事はよく知っているのです。だから学生時代、女の子とボーリングだ、喫茶店だとスマートに遊んでいる友人達を見ても多少の嫉妬をおぼえただけで別にあせったりする気はなかったのです。いつかはこうした青っぽい自意識が年とともになくなって、女をくどきたくなるだろうと思っていたのですが、二十五歳になってますますそれが強くなってくるように思います。たとえば川端康成の『眠れる美女』のような状態でなら女性と接してみたいと思いますが、現実に生きている小生意気な女の子はマッピラです。誰にでも片想いの経験はあるそうですが、僕には現実の女はいつも腹立たしいばかりでした。はたして、いつかこうした青臭い自意識も消えるものでしょうか。また世間の人達は、性欲の為にだけであの愚かな女達の無神経さにたえているのでしょうか。又、僕には今までそういうチャンスがなかっただけで、マノンレスコーばりに突然、恥も外聞も忘れて夢中になれる女が現れる事があるものでしょうか。(僕にはこれは信じられません。)又々、もしかすると、世間の男達は、あの女達のあつかましい無神経さを感じないのでしょうか。二万ばかりの給料では女を買うことも出来ないし、又、そんな気持は全くありません。又、あの無神経さ、あつかましさにたえ、好きでもない女を性欲の為だけでくどく程の、その事は価値のあるものなのでしょうか。もしご回答いただければ幸に存じます。

K

誌上匿名のK様

オンナはハナつまみのような動物で、オンナのすること、考えることは、胸くそがわるい、オンナに魅力を感じない、というわけですね、ほんとに貴君の思っていることは真実です、この世の中の男はそんなことを考えないのです。オンナとはクチビル、オッパイ、ヘソのまわり、性器などをしずかにさわれば、ウーとか、スウーとか音をたてる、とてもオモシロイ肉体なのです。だから、オンナを好きなのです。誰がオンナのすることや考えていることなどに気をはらうものがありましょうか。サカナにはホネがあるので食べるときはそこをとり去ってうまいところだけ食べます。だから貴君もオンナの胸くその悪い点はそんなふうにして下さい。それから、さしむき、5千円ぐらい持ってトルコ風呂へでも行くとよいと思います。

私は絵をかくのがすきで楽器がすきでまた何もしないのがすきです。私は高校にいっていますが、本当は高校にいこうと思いませんでした。勉強するのがいやではありません。でもとてもおそろしいのです。小学校を卒業した時は何も思わなかったのに、中学を卒業する時は次にいくらいやといっても高校がまっていて、高校が終ったら大学や就職がまっていると思うと本当におそろしくなりました。絵をかくのはすきでも、すきなことは多くあっても全部自己流、職業、仕事にするなんてとてもおそろしくてたまりません。

学校に行って授業を受けて家にかえって、それから宿題もあって、それだけでつかれてしまいます。夜になってねると私の目はきょう見たいろんなものが頭の中にめりこみそうに重く、胃はきょうのごはんで重く躰にめりこみそうになりその上にまた、あしたのごはんもはいるのかと思うとそれだけで躰の中がいっぱいになってしまいます。

ああ、きょうから一年間自由になってみたいとよく思います。朝、私がねているのに、なんでこんなにせわしくおこすんだろう？　たのむから一年間休ませてほしいと毎日おもっています。私はなまけものでしょうか。

一年前クスリ遊びにふけるが、今はものすごくまじめになっている。何はなくても丸山明宏。小学生のころ（五年ころ）からすき。いつも親友とか友達から期待され理想像をつくられ、いつもそれをガタガタとこわして親友はできない。女の友達二人から愛しているといわれたことがあって、まえはいい友達だったが別れた。たいへんな赤面恐怖症で道を歩いていて雨がふってくるとおどろいてまっかになる。自分でもびっくりする。今つきあっている友達からはオカマといわれバカにされる。私をみているとすべてがおかしい（おもしろい）という。ハナの形がカギだといわれてからかわれる。でもオカマもハナも気にしていない。ふかみどり色とむらさき色がすきで、時々香をたいている。どの国よりもインドがすき。これが私です。

渡辺きみ子（仮名）

渡辺きみ子様

貴女の考えていることは私と同じ考えのところが多く、もし、私が死んだら貴女は滅亡教の後継者としてふさわしいとも思います。但しそれはお手紙の前半だけです。残念ながら後半のほうは、滅亡教とはちがっています。

まず、絵を書くことや楽器が好きでということ、好きなことはやるべきです。当り前のことです。最も重大なことは「何もしないのが好き」というところです。これこそ滅亡教の極意なのです。この点、あなたの感覚は滅亡教の真髄を無感覚に摑んでいるのです。また、中学、高校、大学、就職がつぎつぎに待っていることが恐ろしいと思うのも滅亡教としての真髄の感覚です。

ところが、夜になって宿題がどうのとか、ひるま見たものがどうのとか、胃の中に入ったごはんがどうのとか、赤面恐怖症がどうのこうのとか、雨が降るとおどろいていてどうのこうのとかいうのはとんでもない考えです。考えるとかいうことが一番の敵です。一番の悪い事です。どうか、つまらないことを考えないようお便りの前半の感覚で何事も処理して下さい。ハナの形がカギだというのははからかわれるのではなく特別製ということになります。女でもオカマといわれるのは誉められていることだと思います。滅亡教は、男とか、女とかの差別をすることは必要ではありません。どちらでもいいのです。尚、ふかみどり色が好きだとか、むらさきが好きだとかいうことは貴女自身の自由で、それは、他の人に何の関係もないことです。そんなことを表現するのは滅亡教ではムダなことです。

私は十九歳のサラリーマンです。二年前工業高校の建築科を卒業して、現在の会社に入社しました。将来は設計技師を夢見ています。でも、私は現在のこの生活を悔んでいます。ましては、私の過去が悔まれてなりません。

私は単純な人間です。そして内気で、人の言う事をすぐそのまま信じて正直に人のいうなりになります。ですから人によくだまされました。又、物事にけじめがなく、ぶきっちょで、めんどくさがり屋で、ちょっと、話が深刻になって来ると、いや気がさして、そしてそのままにしてしまうという悪いくせです。好き嫌いがはげしくて、好きなことだったらつきることなくやります。義理には強いが人情には弱い日本人的な面が強いです。そのわりには淋しがりやですので、女の子ともなれば誰となく声をかけ、ひやかすのが大好きです。

そんな私ですゆえ、何の気なしに建築学校に入り卒業し、何の気なしに現在の会社に入社しました。そして、一生懸命仕事をしました。そのうちに建築がわかるようになり改めて好きになりました。その心が私を動かせ本格的に建築の勉強にとり組むようになりました。そして、遅れた知識をとりもどそうと、建築大学の通信教育を受けています。偉大なる設計技師になる事が私のたった一つの人生目標となりました。そのために会社の仕事と勉強する事が重なり合っていっこうにうまくできません。つい会社の事をおろそかにしがちで失敗をやらかし自分の評価を下げています。こんなことなら、いっそう会社をやめ、はじめからやり直そうとも考えています。

今でもやっているのだから、このままでもいいといえる事です。こんな事を考え過ごしながら、毎日を生きて来ました。でも結局は何もせずにこの二年間を生きてたみたいです。

今後もこういう事を考えながら生きていこうと思うと、とてもやりきれない気持です。私の性格から言ってどうする事が一番最適なんでしょうか。私に先生のちえと勇気を与えてくださ い。

小野典生

小野典生様

心配しないでいい。貴君は自分を祝福していいのです。「何もせずにこの二年間を生きてたみたい」ということは最高の生活だったのです。そのままでどうかこれからもやって下さい。

尊敬する深沢七郎様

容姿端麗、頭脳明晰、どちらにも属さないのに、不思議とボーイフレンドの方には不自由しない日々を送っている女子大の二年生です。去年の夏、バイトで彼と知り合い、一緒に旅行をし、一ヶ月もたたないうちに婚約し現在に至っています。彼はデザイン学校の学生です。学校も反対方向、彼が忙しくて一ヶ月位何も連絡がなかったりするのはざらで、私の方からデイトの催促もできません。こんな状態で本当に彼も私も理解できているのか私には分らないのです。私もデザインに関係した勉強をしているので、彼の仕事に対しては理解できるのです。

また彼とは同じ年ですし、二年位後には彼は海外へ勉強に行きます。そうなれば、世間一般にいわれる婚期を私はのがすことになり、そのくせ、婚約をもう一度確かめるのもあせっている様でいやなのです。彼は私の事を考えると一人立ちできるまで待っていろとはいえないといいますが、私には彼のいいのがれとも、また、私に対してのいたわりとも考えられるのです。

婚約という言葉で彼の行動を束縛したくありません。束縛という事はするのもされるのもいやですが、そのくせ、私の心の反面では彼を一人じめしていたいと思っているのです。私は自分勝手でしょうか。そして愛の存在とはどうあるべきでしょうか。尚肉体関係はありません。

T・I

T・Iさま

お手紙を読んでいるとジレッたくなって、イライラして、ほんとにアタマにきてしまいます。なんて、わからないアナタだと思う。いつも私が言うように、結婚するのは女は相手の男に、男は相手の女に、いつでも逢っていたい、いつでもそばにいたいという理由で結婚するのです。それ以外には結婚するという意味がないのです。一ヶ月も何の連絡がなかったりするのはザラで、2年位は海外へ行って、それから結婚するなどということは結婚をしないという意思表示をしているのです。なんで、そんな相手のことを考える必要がありましょうか。そんなのは結婚の相手どころか恋愛あそびの相手の資格もありません、せいぜい、行きずりの遊びだと思っていればよいのです。婚約をしたとか、しないとかは考えることなく汚れたパンツの洗タクでもしたと思ってその相手のことは考えないことです。こちらから黙っていれば彼のほうからおそらく便りもないでしょう。もし、彼から何か便り、連絡があった場合はスパイか、泥棒が様子を伺いにきたと思ったら間違いありません。そんなときはマジメな顔で、マジメに相手をすることが最高です。ほんとに、こんなことは女性として自分で気がつくことです。お話を伺うだけでアタマにくるほどバカらしい質問です。アナタは恋人を作る才能があるのだからこれからは大いにタクサンの彼を作ることです。結婚の相手というものはなるべく多数の相手から選ぶことが大切です。相手は友達ではなく恋人として作ることです。だから、なるべく多くの恋人を作ってその中から結婚相手を選ぶことです。

深沢七郎様

先日、日記にこんな文を書きました。

「今は真実を書こう、自己弁護はしまい。何の目的もなく、希望もなく汽車の窓からすぎ去っていく景色をぼんやりながめているように、俺は俺の人生をながめているのだ。様々な出来事、こっけいな悲しい出来事を冷たい目で観察しているのだ。路にころがっている石のように誰にも顧みられず、誰に危害も影響も与えることなく、影響を受けることなく……。『あれ』に耐えるのだ。独りで口をもぐもぐ言わせながら、じっと『あれ』に耐えるのだ。思考停止などしても『あれ』からのがれられぬだろう。『あれ』は考えて出てくるようなものではないから。全身の肌で感じるのだ。全細胞がピクピクけいれんして感知するのだ。自分を労りたい気持の方が強ければ大学で山岳部に入るであろうし、蹴落してやろうという気が強ければますます苛酷な条件のもとに我が身をおくであろう。それも可能性を求めてのことでなく、アンニュイな俺の本性からだろう。われと我が身の生命をちぢめることもあるいはあるかもしれぬ。しかし、それも努力を要することだ。このつかみどころのない人の生命に俺はあがきをするだろうか、否、それもしないだろう。事実、今俺は逃避さえしていない。『恐ろしいのは時計の刻む音』象徴的な言葉だ。とりとめもない『時間』に翻弄され愚弄されている悲しい人間のうめき声だ。『時間』に拷問されている美しい生命のうめき声だ。」

深沢様、あなたはこの男を人間滅亡的だとおっしゃるのですか。

注『あれ』とは漠然とした生きることへの不安。

柴田正雄（仮名　17歳）

柴田正雄様

私の滅亡教は漠然として生きていることです。貴君は生きていることに漠然とした不安を感じているようですが、なんで生きていることが不安なものですか。

人間が生きていることは虫や植物が生きていることと同じなのです。虫や植物がなんで不安を感じるものですか。貴君の考えには滅亡教の鼻糞のカケラもありません。人生に、悲しいとか、嬉しいとか、不安とか思うのは病気です。貴君の言う『あれ』なんてものは滅亡教としては想像も出来ないことです。『あれ』は生きることへの不安だということですが、滅亡教では漠然として生きることこそ生きていることなのです。あなたのお便りのどのこともすべて滅亡教と反対な考えです。どうか、ひとつ、ひとつずつ、その逆に考えるべきです。

深沢七郎様

私は今すごくさびしい気持でいます。

私がさびしくなるのは、私の欲するものが私の思うとおりにならない、自分自身で、自分のやりたいようにする事をさまたげた時です。それは特に人間、それも異性に関する時です。結婚している男性におつきあいを求めるのは許されない事でしょうか？　私はまだ彼とおつきあいをしている訳ではないのです。彼と奥さんとの世界には興味はありません。私はただ彼と私の世界をつくりたいと思っているのです。ただ彼に私の傍にいてもらいたいのです。たった二時間でも三時間でも、私は彼の傍にべったりと坐っていたいのです。彼をじっとみつめていたいのです。それだけで、私のさびしい気持はすくわれるのですが、彼が私に好意を持っていてくれるのかどうか知りません。ただ親切にはしてくれます。

デザイン志望（21歳）

匿名のデザイン嬢さま

貴女は男性を知る数が少ないのです。もっと、たくさんの男性と接することです。たくさんの男性と性交渉することです。そうすれば恋などという精神病は吹き飛んで直ってしまいます。貴女は現在、恋愛病という精神病患者なのです。異性の存在は肉体交渉だけがあるだけです。人間のふたつの種類は性器がちがうだけです。それが滅亡教の極意です。大いに、広く男性を知ることに心がけることです。

僕は小さな時女の子が大好きで、そのため現在に至るまで、大変にアブノーマルな生活を送ってきました。

中学の時、男女の生理的相違に非常な興味を持ち、実際に調べてみたところ、警察という大変に恐いオジさんの居る所に連れていかれ、「強制わいせつ」という題名の原稿を口述で書かされました。

それでも僕の知識欲はとどまるところをしらず、それと前後して三回ほどまたまた恐いオジさんに連れられて、原稿の続編を書くこととあいなったのです。そうして僕の運命を左右する一大事が起きたのは高校一年の時です。

その頃、女の子の生理構造も覚えた僕は、ひどく日活映画の影響を受け、高校での番長争いに躍起となっていました。ようやく学校内での僕の地位も安定し、可愛い彼女もできた頃、またまた僕の探究心が頭をもちあげてきて、物理的実験を試みろというのです。

結果は、「少年三人組の強盗強姦事件の背後にある社会的背景」とかなんとか某三流週刊誌にうたわれて、一年三ヶ月の少年院送りとなりました。

三十八年～三十九年のなかばに帰ってきた僕はまだねんねだったもので、お母さんお父さんにひたすら忠誠をつくし、二度とあの様な真似は……を百ぺんもくり返されて、学校へ復学したのです。けれど、やはり、性格というものはいかんともしがたく、そのうち学校での生活に息苦しさを覚え、家庭内では何とも言いようのないそらぞらしさを感じ、ついには学問の価値など信じられなくなり、必然的に家出からフーテンへと移行していきました。

そうやって自由になったのはいいのですけれど、何かものたりなくて、僕の中に居るムズムズは、僕を次の犯行へと駆り立てたのです。

もう強姦の面白さも僕の興味はひかず、うっとうしい毎日を送っていた僕に手招きしたのはジュネです。『泥棒日記』一冊しか読まなかったのですが、僕はその感激にたえる事はとてもできず、そのふくれあがった魂は、どういう屈折現象を起こしたものか、僕を一流の「ノビ師」にしあげてしまいました。僕という人間はたいへんに順応性が強いところがあり、この盗むという行為に対する自身の心構えも、いつの間にか、ジュネの存在を通り越してしまい、必要性へとあざやかな転身を遂げたのです。この必要性というのは、僕の見栄の大なるところから来ており、僕はそのために僕をとりまく一連の友人達から感謝のまなざしで見られたのでした。そうして六十件近くの犯行を重ね、被害総額は約七十〜八十万になった頃、そろそろ自首しようかなという僕の気持もまるで無視され、最後の別れに友人達と会っていた所を難なく逮捕され、現在は保釈中の身の上となり、判決を来月なかばに控えている次第です。

ここに至って、僕の頭には、むなしさも、何も浮かんではこず、ただわずかに過去の自分の業績に淡い満足と、何やらうめつくせないポカが巣くっているだけです。

そこでめんどうくさいのを死ぬ思いでおし殺し、イヤイヤする体にむち打って、深沢七郎様にお手紙を差しあげたのですが、僕は貴方より慈愛の言葉を聞かせてもらえるとは、もうとう思っていませんし、望んでもいません。

僕のこの手紙は真実ですが、訴えているのは半分退屈しのぎで、半分もしかしたら……という気持です。
お願いします。アドバイスをひとつ。

一ノ瀬薫（20歳）

一ノ瀬薫様

御質問を読んで不思議な感激を受けました。それは人間の真実を知ったからです。美しいとか、汚いとか、悪いとか、善いとか、悲しいとか、幸福だとかには関係がないことだったからです。一般的な感激はそんなものなのですが貴君の真実の告白はそれ以外のものです。そうして、この感激——感慨（ガイ）という言葉のほうがぴったりすると思いますが、この感慨は私が受けたと同じように貴君自身も同じ感激でよいわけです。説明がわかりにくいと思いますので具体的に申し上げましょう。例えば、ここに一人の、世間に言う優秀な生徒がいます。学校の成績が極上で品行も正しく、模範的な生徒が存在したと仮定します。私の人間滅亡教はそういう優秀な生徒も滅亡しなければいけないと思います。過去の社会制度は、そういう人間を作ることによって人間たちの生活を不幸にしたのです。つまり、偉いとか言われる人間を作って人間の差別をしたのであります。だから優秀な人間、立身成功者などというものは人間たちの敵なのです。悪魔なのです。だから過去の概念で考えられる秀れた人間は滅亡させなければならないのです。

それと反対に、貴君のような青年も滅亡させなければならないのです。判りにくいのでこれも具体的に説明しましょう。人間滅亡教はボーッとして生きることにあるのです。ところが貴君の過去は妙な虚栄心があるのです。それが盗みをしてしまったのです。貴君は自分では気がつかないかもしれないが盗みは虚栄心です。不愉快なものです。ボーッと生きている人間には嫌な感情なものなのです。いま、貴君に一番大切なことは貴君の過去を滅亡させることです。何も考えない人生の道をふむことです。それとは反対に盗みをすることが楽しいという感覚の人間があります。それは精神で異常な感覚なので盗みをする行為は楽しいのです。ところが「泥棒ほど損な商売はない」ということを知っていますか？　如何に秀れた盗賊も一生涯の努力の清算を日当の賃金に清算すると奴隷と同じ賃金にしかならないそうです。それだったら盗むときは楽しくてもあとで不愉快なめにあうのだから楽しくないことになります。人間滅亡教は何も考えない、ボー然とした楽しさが極意なのです。欲をかいたり、虚栄心から快楽を求めたり、淋しがったり、悲しがったりしないことです。どうか、ボーッと生きて下さい。尚、男女の生理的相違の興味だとか、強盗強姦とか過去のことですがお手紙だけの内容だけではよくわかりません。匿名でよいのですから具体的にお知らせ下されば回答致します。

深沢七郎様
少なくとも、現在の私めが、これでいいのか。或いは方向を転ずべきなのか、お答え下さい。

今の私には、したいもの、この生を賭してやりたいというものがありません。

人様は将来のためと割り切って、授業にも出、卒業に必要な単位を稼いでおるようですが、この私め、昨年の秋、アホらしいと思い試験を放棄し、ために単位数が恐ろしく少なく、以後、もともとあろう筈もないのですが、学問への情熱とか言われるもののひとかけらも消え失せ、ろくろく出席もせず、人様のように順調に卒業すること容易にかなわぬところに追い込まれています。

いったい、現在ではない将来のマイホームをある程度約束する卒業の紙っ切れ、その為に好きでもない授業に出て費す時間と、現在の小さな欲求、たとえば喫茶店で空気を見たり、河辺りで寝ころがったり、街を歩いたりする時間と、どちらが尊いのでしょうか、今は、一見怠惰とも思える後者の毎日を過ごしており、この怠惰こそ、愛すべき己れの姿なのだ、と開き直っていますが、果して、これでいいのでしょうか。

そして、この自由が、この私めにはあらず、親によって保証されているということが、頭にチラつくのです。いっそのこと退学を、と思っても、前述のとおり、したいと思うものはなく、また、罐詰の中の一粒のグリーンピースの生活、人間関係をよくしようと自分の好き嫌いを抑えて嘘をいう生活は真平です。私はつき合いということに不自由さを連想するのです。

現在に徹することができず、未来を垣間見て不安におののき、その怯懦を一掃してしまうもの（何かに対する情熱）もなく、無為の日々を送っているようでなりません。

匿名希望

匿名の希望新造様
貴君は学生がゲバ棒を振って暴動化しているこの社会をなんと見ているのですか。いまさら、いまごろ、こんな質問を書くことに私は呆れます。私たちに相談することなどなく、学生は学生自身でこの問題にとり組み、なやみ、暴れる。そうして、この問題を片づけるべきです。決して、他人に相談することではなく学生自身だけで解決をすべきことです。それに対して、政治家、機動隊、父兄などが介入するべきことではないと思います。念のため、貴君の質問に対して私の感想をちょっと、それは、こういう質問こういう問題について考えるようになったことは学生の進歩だと思います。若い者が如何にしてよい社会、よい生活、よい行動が出来るような状況を作ろうと苦しんでいるか、努力しているかと考えてきたことは若者たちはスゴク立派に進歩を見せてくれているのだと思っています。

深沢七郎様

たいへん失礼な相談の仕方と思いますが、どうかお許し下さい。

1　運命とか宿命とはあるものなのでしょうか。

2　あったらそれは一体どういうものなのでしょうか。

3　現在、私は両親がおりますが、そのみえない、なにか運命的なつながりが重荷でたまらないのです。私はただなにも知らずに生まれてきて、知らずにかわいがられ、いつのまにか彼ら親を愛さねばならなくなってしまったのです。このやりきれない重荷をどうしたらよいのでしょうか。

4　孤独ということは、本当はどういうことなのですか。

5　時間ということについて、どうお考えですか。

6　色即是空、空即是色とはどういうことなのですか。

7　行動的などということばがあったり、行動的人間などといいますが、これらは必要なことなのですか。

8　ドライな生き方をどうお思いですか。またこれはどういう生き方なのですか。

9　アメリカのヒッピーは「くつみがき」や「新聞配達」などをして、自分で食うものを稼いでいるそうで感動しました。(日本のフーテンは「こじき」です。) 私は住む所と食べ物と着る物（新しいものは嫌いです。）があれば、あとは好きなことをして遊んでいればいいのだと思っています。この住む所、食べ物、着る物といっても、なるたけ最低限にとどめて、好きなことに主に金をかけるべきだと考えています。いかがですか。

10　次の文章は、ヘンリー・ミラーのある雑誌に載っていたものを写したものですが、感想をお聞かせ下さい。

「ある日、この不思議な人種の話を読んだときに、自分のいだいた驚きと興奮は忘れがたい。それはピグミー族と共に生活した人の著書であり、心得のある観察のように思われたのであった。

密林に住む小人たちは野心というものを知らない。住んでいる場所（密林）から立ち去る意志がない。神は信仰しない。物を入れる袋も歴史も持っていない。その日暮しに満足しきっている——なかんずく、生活の改善に無関心であるといったような印象を、ぼくは受けたのだった。

ピグミー族は、何千年も前から祖先がそうしてきたように、いつも同じような橋をかける。もっとりっぱな橋をかけようといった気持ちはない。自分の家や密林から逃げ出してもっと安定した生活を求めようとする夢はない。ピグミー族は自分の住んでいる環境ばかりでなく、自分たちの人生そのものに満足しきっている。彼らは十年一日のような生活をくり返しているだけである。わざわざ生活を変える理由が一体どこにあろう。

……ここでピグミー族のことを思い出したのはぼくが何ヶ月か前、パリに住む古い友人の画家を久しぶりに訪れたからである。彼はどう考えても、世間でいう成功した画家とはいえなかった。彼はいまもなお昔と同じようにみじめな屋根裏で絵を描いていた。……友人の画法は、ぼくが彼と最初に知り合ったころから、三十年かそれ以上も前のころから、少しも変わっていなかった。彼に必要な題材といえば、友人の説明によると、馬だの犬だの数人の農夫や木と空、川がありさえすれば充分だった。自分の絵を売り出すこともめったになかったし、展覧会を開くこともめったになかった。……ぼくの意見によれば、世間で彼をどう評価しようと、彼は成功した芸術家だといえるのである」

11　最後に、先生は芸術家というものや、芸術というものを信じますか。

以上たいへんでしょうが、どうかお答え下さい。お願いします。お体をおたいせつに。

K・A

K・A様

1　のお答え。運命という符牒を使わないで宿命という記号を使いましょう。宿命は存在します。

2　すべての成り行き、自分の行動、動作、みんな宿命なのだと私は思っています。人間滅亡教は宿命にまかせて、ぼーっと生きています。それ以外、何もありません。この場合宿命とは行動、動作を自分で計画しないで行なうこと。

3　親が子を愛することは悪行のひとつだと思います。動物——犬や鳥などは雛のうちは餌をはこびますが大きくなると自分のまわりから放り出します。人間だけは子供に遺産を残したり、やりたがったりして醜いものです。動物に劣るのです。人間社会は自分の子供ばかりを可愛がって他人に迷惑をかけます。或る意味で、そういう悪行を親に納得させることも宿命のひとつです。

4　孤独というのは「自分だけ」という意味だと思います。

5　時間というものは全然ないもの、存在しないものだと思います。

6　色即是空も空即是色も同じことです。この世のすべての物、行動、縁、型、幸福、不幸、生死は全然ないもので、もし、そこに、形とか姿があっても、それはないものだという意味だと思います。たとえば花は紅いで柳は緑だが、花は赤くても無色と同じであり、無色でも赤いものと同じであるという。つまり、貴君のポケットの中に10円しかないが、それは、1万円あると同じである。また、それは、1億円あるということと、同じである。もし、貴君が1千万円ポケットに持っていたとしても、それは10円しか持っていないと同じであるというわけです。

7　行動などというものは滅亡教にはありません。人生はぼーっとうごいているだけで、ほかに何もしません。

8　ドライとは「乾く」という。しめっぽくない。つまり、悲しくても泣けない。たのしくても、悲しくても味は同じだという考えかた、ドライとは3千年前にインドのお釈迦さまがむずかしく説明した人生の行くべき道を、それを理論や説明でなく実生活に使うことだと思います。

9　貴君の考えることは満点です。

10　別になんとも感慨はありません。

11　芸術家とか芸術というものは実在すると思います。但し、芸術とか芸術家というものはそのひとのためにだけあるもので他人のためにあるものではないと思います。言い変えれば、他人の芸術を覗見することは女風呂をのぞくのと同じ感激、感動であると思います。

小さな質問者たち

よく、私は知人から個人的な身の上相談をうけることがあった。ところが、私の答えは相手の悩みを解決させるどころか、あべこべに、悩みを増すことになってしまうことになるらしい。なぜなら、私の答えを持って、もうひとりのホカのひとのところへ相談に行くことになってしまう者もあるそうである。心配ごとを解決するどころか、もう一つ、悩みがふえてしまうので、これは、とてもいい方法だと私は思う。なぜなら、悩みということは贅沢ということと同じだと私は思っているからだ。

この人生案内は『話の特集』に'67年9月から'69年11月まで載せたものをまとめたもので、『話の特集』の読者は若い人達が多いらしく、そのほとんどが20歳前後の人達にかぎられていた。勿論、身の上相談だから一般の新聞や雑誌にのっている相談——嫁と姑とか、妻子のある人との恋愛問題とかのような悩みはほとんどなく、20歳前後の若い人達の問題は案外、日常生活のつまらなさ、退屈などについて訴える——回答を聞くというよりも、むしろ、書いて、読んでもらいたいというようなものが多かった。つまり、生活のトラブルというより生活のムードというものを意義づけたい——そんな悩みが多かった。だから、しまいには同じような質問のくりかえしになってしまったので『話の特集』につづけていくことが出来なくなってしまったのだった。それにしても、若い人達の悩みが、こんな形式になっていること——だれもが申し合わせたように生活のムードの悩みになっていたことは私には意外だった、もっと、事件的な、ドラマ的な相談もあると思っていたのだが。

また、この世代の若者たちは、手紙の内容だけでは男性か、女性かの区別がつかなかったことだった。ことに、男だか、女だかわからない氏名ではまごついてしまった。なぜなら、女性の悩みか、男性の悩みか、勿論男女の悩みはその解決には変りはないのだが、私自身がまごつくのは手紙の字と内容と文章が、男か女か判らないことだった。次の手紙は女性が秘密に書いた手紙だが、文の意味は私のところに住み込みたいという希望の女性に、4、5日だったらよいけれど、長く住み込むのを断ったことに対する女性の文章である。
なさけない、
ブームだ、と、先生だ、と、畜生だ、
実に自分が情けない、深沢さんに、いいいんしょうをあたえるように、いっしょうけんめいかいた手紙（そうさ、それもこっちのかってだけど）を、そこらの腰ぬけ野郎といっしょに考えられたと思うと、くやしい。気をつかって書いたから自分の滑けいぶりがなおさらだ。（それにしてはたいしたことがなかったって）
あなたのところはどうやら私の考えていたところとちがうらしい。なにが脱社会のフーテンだ、話題にされること自体、公衆の中央面前にいることじゃないか。シャバの泥沼にはまって休みにくるみたい。なにが、なにが、俗も俗もはなはだしい。私が住まないと思ったら大ちがい、私もおじゃまするさ。
そのかわり休み所じゃない、
もっと私の知りたい人間のところへ行くまで、気長にいさせてもらう、了解なんか得ようなんて何て気がきかなかったんだろう。捨てようとしないで終りまで読んで、それとも、子どもじみてるといってわらってるかな。

　そこらの腰ぬけ野郎と自分がどれだけちがっているかうたがわしいけど、確かに私が望んでいたより俗っぽくて私の住むところじゃないらしいけど次への一歩として住ましてもらいます。了解は得ません、たぶんまたひとり若者が来たと思うだけでしょう。

　右の手紙のように、こちらではお断りした手紙を出しても先方ではそんなことは頓着なく来て住み込もうという。これは一例だが、「断わられても私は行きます」というのが外にも何通も来ているのである。

　こないだ、私の家へある若者がやってきた。その若者は20歳だか、21歳で、女性だった。一ヶ年ぐらい農業をしたいと言って、やってきたが、私は二、三日で帰って行くだろうと思っていた。

　自分の家の者――両親たちには内緒でいたかったらしい。「蒸発ってことだナ」と私が言うと、「まァ、そういうことだよ」と彼女は言う。男性だったなら、どうでもいいが、女性なので「困るなァ、親にだけは了解をとっておいて」と私は言った。結局、「どうしてもダメなら、話してくる」と彼女は両親に言ってくることにきまった。

ほんとは、私は、そんなこと、かまわないのだった。ただ、なんとなくその女性の言葉づかいが妙なので、（お目見得泥棒ではないか）と思ったからだった。とにかく荷物などあるらしいので、「荷物を持ってきてやる」と、我が家のミスターが古いくるまで彼女の家へ行くことになった。渋谷の神泉駅の近くで、彼女の家はたしかに存在していた。それで、とにかく、泥棒の目的で住み込むのではないことはわかったのだった。

一ヶ年と言ったが、彼女は二ヶ月ぐらいで帰って行った。来るときは蒸発したいと言っていたが、帰るときは父親と母親を連れて荷物を持ちに来た。「母親に抱かれるようだナ」と私は帰って行くくるまを見送った。蒸発から抱かれるまで、たった二ヶ月だが、なんとなく私は初めから予知していて、「思ったとおりだ」と手を叩いた。ほんとは、そんなふうにきまりをつけたかったからである。「予言者みたいだ」とか「軍師だ」とか、と、そのあと、私はそのことで鼻を高くしていた。初めから終りまで私の筋書きのとおりになったからだった。

だが、ほんとは、この不思議な、現代の若者の空気に私は浸ってみたかったからだった。彼女は「ワセダの教育学部だ」と言っていたが、「英文科」と、家へ来る人たちには言っていた。「農業をやりたい」と言っていたが、帰ってから偶然、彼女を訪れた彼女の知人は、「演劇をやっている」と言っていた。「ハテナ、役者かナ？　シナリオライターかナ？　演出かナ？」と私は思った。農業とはかなりなヒラキがあるからだった。

二ヶ月のあいだに、私とこの若者のあいだに、かなりなヒラキがあるのにびっくりした。はじめ、彼女は、「泊めてくれれば、ザコ寝でもいいよ」と言っていた。ザコ寝というのは男も、女も一緒に、ゴチャまぜで寝ることだと私は思っていた。が、敷きぶとん一枚、かけぶとん一枚、敷布一枚を出してやった。少したつと、「夜、寒い」と彼女は言うので敷きぶとんを二枚にして、かけぶとんも二枚にしてやった。

あとで彼女の言うのに「ザコ寝というのは、直接床に寝ることだよ、山小屋などで寝ることだよ」と言っていた。

彼女の友人という男性の学生が来たが「京大の学生」だと言っていた。「いまは学校には行っていない、ドカタなどしている」と言う。京大は試験は受かったが「一度も通学したことはない」という。学校紛争で行くのがいやになったという。「学籍はどうなっているかしらない」と言っていた。「入学金は出したのかい？」と私がきいたら「どうなっているか覚えていない」という。自分の入学金を払ったか、払わないかを本人が知らないと言うので私は不思議に思った。だが、彼女も彼も、でたらめではないようだ。

なんと、この世代の自分本位な生きかただろう。

ところが、そんな人達の、悩みが、また、とても可愛い内容なのである。

ここにまとめた質問はそんな若者たちの不平不満――たいがいは不愉快なその生活ムードなのだ。だから、これらの質問に、常識とか道徳を押しつけて解決することは出来ない。なぜならば、良いこととか、悪いこととかで区別することができない小さな出来事なのだからだ。

このドラマ的でもない、事件的でもない小さな出来事の質問はほんとに、たとえ、わずかな時間でも不愉快であれば堪えることが出来ない——その小さな出来事が実は生きている意義があるか、ないかの大きな出来事なのだった。若者たちには生きていくことは、その日、その日のムードなのだ。だから生活のムードが犯されると生きつづけることが怪しくなるのだから、この小さな出来事の質問は大きな出来事だったのだ。

私の人間滅亡というのは、人はこの地球上に繁栄しているのは、実は茄子の枝にベッタリこびりついているアブラ虫と同じ状態だと思うのだ。だから、人は繁栄しなくてもいい、繁栄する必要はないと思う。そんなアブラ虫たちには道徳だとか、常識だとかは自分たちの繁栄のためには必要かもしれない。私の回答は必ずしも道徳だとか、常識だとかにこだわらない。

いつも同じような質問になってしまったのでここで一応一冊にまとめたが、もし、読者の中でもっと別な質問を下さればまた「人間滅亡的人生案内」をつづけたいと思う。宛先は私宛（埼玉県南埼玉郡菖蒲町上大崎）でも結構です。

深沢七郎

解説　深沢七郎の薄情

山下澄人

どんな人でも死んで時間が経てば忘れられる。深沢七郎だってそうだ。こうして過去に書いたものを見つけて再び本にしてもらうほどの人であっても今の多くの人は、若い人はとくに、深沢七郎を知らない。ぼくだって知らなかった。いくつもの作品を世に出し、その中には大変な評判になったものもあり、映画化もされ、その映画が外国で有名な賞を獲っていたのにもかかわらず知らなかった。たまたま小説などを書くようになり、その名を知ったが知らないままで終わってたって不思議じゃない。

深沢七郎はそれで良いと思っている。深沢七郎は死んでいつまでもおぼえられているなんて気持ちの悪いことだと思っている。意味がないとか何だとかそんな風にではなく、気持ちが悪い、と思っている。ましてやどこの誰か知らない人に相談されこたえたこのようなものがいつまでも残され読まれるなんて冗談じゃないと思っている。こんなものはそのときの雰囲気と空気によってこしらえられたもので、雑談の録音のようなもので、残されることを想定していない。深沢七郎の場合、何であれ残されることなんか想定していなかったかもしれないけど、だからこそ後世のものには興味深いのだという考え方もあるけど、それは何だか助平な気がする。だいたい死んでから本にされても自分の手元に金は入って来ない。金に興味がなかったとは思わない。今の誰かに読まれておもしろい人だと興味を持たれても、おもしろい人だと興味を持たれることは嫌いだったわけじゃないが、しかしもう自分はこの世にはいない。いなくなってからいくら何を思われてもそれはもうまったくつまらないことだと思っている。もちろんすべては死んでもう生きているものにわかる仕方で反論できない深沢七郎に対して勝手に生きているぼくがいっていることだ。これが書かれようとしている今現在、ぼくには思いもよらない仕方で何かしらを向こうはいっているのかもしれないが、それはぼくにはわからない。ぼくは残念ながら生きている。深沢七郎は死んでいる。

深沢七郎は本気でこれらの質問にこたえようと思ったのだろうか。見ず知らずの、いや、見ず知らずのものでなくとも、人の抱える悩みと呼ばれるものにそもそも興味などあったのだろうか。人間に興味のなかったわけじゃない。おそらく人間にしか興味がなかった。しかしその興味の持ち方は多くの人の持つものとは違う。深沢七郎の書いた小説のどれでもいいからひとつでも読めばわかる。人の生き死にという世間では大問題とされていることですら、というかそのことこそ、深沢七郎の見方は違う。深沢七郎にとって人間の生き死には虫の生き死にと変わらない。たいしたものではないといっているのではない。むしろ逆だ。人間の生き死にはちゃんと虫の生き死にに匹敵するといっている。しかしそれは世間で当たり前とされている見方とは違う。多くの人は人の生き死にを虫の生き死にと同じだなんていうと怒る。誰のでもいい、人間が死んで神妙な顔をした生きた人びとが集まっている場に出向いて「ああ、虫が死にましたか」とでもいえばわかる。引きずり出される。そういう人たちは虫より人間の方がずっと大変で中身が詰まっていて、要するに偉いと思っている。糸ひとつ尻から出せないくせに、毒針も内蔵できず、素手で地中深く穴を掘ることも、空を飛ぶこともできないくせに、偉いと思っている。

ぼくはつい先日、四十五歳だというアザラシを見た。そのアザラシは目はほとんどど見えておらず、じっと立った状態でからだの三分の一ほどを水から出して動かずにいる背中には苔がはえていた。そのアザラシはもう潜りもせず泳ぎもしないから適度に湿って動かないそこは苔にとってはとてもよい環境なのだろう。動きもしないから見物する人は見過ごしていく。派手に泳ぎ回る大きなトドに見物客は群がっていた。トドを眺めるあいつらより誰も見もしないこいつの方がずっと偉いとぼくは思った。そこがぼくはまだまだなのだ。そうして一人悦に入っているのだ。深沢七郎は違う。人間など虫やアザラシに比べたらチンケなものだなどといってはいない。そんなつまらないことはいわない。ちゃんと匹敵していますよといっている。虫にもアザラシにもどの人間もちゃんと匹敵しているといっている。いっているとぼくは思っている。ぼくにとって深沢七郎という人はそういう人だ。そういうものを書く人だ。

話はまったく変わるが、人間は死なないといい続けて死んだ、この世からかたちを消した、荒川修作の名が、相談者の相談の中に出て来る。十七ページだ。当時はこういう場に何かのたとえとして名が出て来るほど荒川修作は有名な人だったのかと違う意味で驚いたが、違うのかもしれない。荒川修作は何かで「毎朝起きた時自分が人間のかたちをしていて嫌になる」といっていた。しかし荒川修作も人間を貶めるためにそんなことをいったのじゃない。

深沢七郎にぼくは情を感じない。今のぼくらのように犬や猫を我が子のように、我が子を撫で回さない人もいるが、撫で回す人には思えない。撫で回していたのかもしれないがそんなことはどうでも良い。ほんとうのことなどどうでも良い。そうは思えないということの方が大事だ。

情の無さは爽快だ。酷い、と思いつつどこかで大変に爽快だ。神戸の地震で実家が崩壊し、見知った街のほとんどが壊滅したのを見たときの爽快さに似ている。あれは爽快だった。あれより爽快だったことはそのあとない。似たのがあったとすればテレビで散々見た街を呑み込んでいく津波の映像だ。しかしぼくは呑まれてはいない。画面で遠くから見ていただけだ。だから、似たのがあったとすれば、と書いている。あれの何が爽快だと感じたのだろうとたまに考えてみるが、わからない。あの下でたくさんの人びとが死んだのだぞと叱責されてもその爽快は消えない。もちろん反論もしない。人間が死ねば良いと思っているわけではない。深沢七郎は人間は滅びてしまって良いとどこかに書いていた気がするけれど、まだぼくはそこまでは思えない。そうか。だから相談したのだ相談した人は。情の無い深沢七郎になんか相談したって無責任なことを無責任に、薄情に、こたえるだけだから、相談者の望む解決になんか向ける気がはなからないから、安心して相談したのだ。そう思えばとてもよくわかる。それは神様に向かうのと似ている。神様は薄情だ。平等に不平等で、人間の目論見になど無頓着だ。そうではありません神様は、という人もいるだろう。それへもぼくは反論はしない。

この本のつまらない箇所は相談の文だ。内容ではない。それを書いた文がつまらない。もしかしたらというかたぶんおそらく文は書き換えられている。どれほど書き換えられているのかはわからないが、読者のために読みやすいように訂正されている。ほんものはもっと乱れていたはずだ。読めたものではなかったかもしれない。しかし誤字脱字だらけだったであろうそれをぼくはそのまま見たかった。というのは深沢七郎はそれに反応したかもしれないからだ。というかきっとそうだ。直筆には書かれた内容以上のものがある。山下清の文がそうだ。活字にされたもののほとんどは句読点が入れられ改行されているが元々のものにはそんなものはない。中身を読む前にその直筆に圧倒される。書き換えられていないのならぼくの間違いだ。

しかし読んだ感想と思い込みに間違いもくそもない。そもそもぼくはこの本の全文を読んでいない。読みたいところだけ読んだ。目に止まった、それもたまたま止まったものだけを読んだ。だからあやうく最後に深沢七郎がまとめて書いてある文を読まずに済ましてしまうところだった。しかし深沢七郎の本だ。あの人はそんなことで怒らない。

もうこの世にはかたちのない人やものの形跡を目にするのは不思議にいつも思う。それはこの本に限らずだ。読んでいるそのとき、見ているそのとき、その人はそこにいる。そのものはそこにある。今、いる。今、ある。今いてあるものとしてぼくはそれを読む。見る。しかし理屈でいえばその人はもういない。そのものはもうない。死んで生きたものではなくなっている。壊れて別の何かに変化している。

あの人は死んだ、だからもういない、とはどういうことなのだろうと思う。歳をとればそういうことがまわりに増えていく。それをとても不思議に思う。意味がわからないと子供のように理屈をこねたいわけじゃない。子供は理屈をこねる。そうではなくて、ただただ不思議な気がする。いたのにいない。いるのにいない。本を開けばそこに深沢七郎はいる。相談者もそこにいる。なのにもういない。どういうことだろう。そうたとえば質問したら深沢七郎は何とこたえるのだろう。しかしぼくはそのことのこたえを知りたいとは思っていない。

大変おもしろかった。

（作家）

本書は一九七一年河出書房新社より刊行され、二〇一三年に復刊されたものの文庫化です。

人間滅亡的人生案内

二〇一六年 一 月二〇日 初版発行
二〇二二年 三 月一〇日 5刷発行

著　者　深沢七郎
発行者　小野寺優
発行所　株式会社河出書房新社
〒一五一－〇〇五一
東京都渋谷区千駄ヶ谷二－三二－二
電話〇三－三四〇四－八六一一（編集）
〇三－三四〇四－一二〇一（営業）
https://www.kawade.co.jp/

ロゴ・表紙デザイン　粟津潔
本文フォーマット　佐々木暁
本文組版　有限会社中央制作社
印刷・製本　中央精版印刷株式会社

Printed in Japan　ISBN978-4-309-41432-4

ひとり日和

青山七恵　41006-7

二十歳の知寿が居候することになったのは、七十一歳の吟子さんの家。奇妙な同居生活の中、知寿はキオスクで働き、恋をし、吟子さんの恋にあてられ、成長していく。選考委員絶賛の第百三十六回芥川賞受賞作！

東京プリズン

赤坂真理　41299-3

16歳のマリが挑む現代の「東京裁判」とは？　少女の目から今もなおこの国に続く『戦後』の正体に迫り、毎日出版文化賞、司馬遼太郎賞受賞。読書界の話題を独占し“文学史的事件”とまで呼ばれた名作！

ノーライフキング

いとうせいこう　40918-4

小学生の間でブームとなっているゲームソフト「ライフキング」。ある日、そのソフトを巡る不思議な噂が子供たちの情報網を流れ始めた。八八年に発表され、社会現象にもなったあの名作が、新装版で今甦る！

みずうみ

いしいしんじ　41049-4

コポリ、コポリ……「みずうみ」の水は月に一度溢れ、そして語りだす、遠く離れた風景や出来事を。『麦ふみクーツェ』『プラネタリウムのふたご』『ポーの話』の三部作を超えて著者が辿り着いた傑作長篇。

肝心の子供／眼と太陽

磯﨑憲一郎　41066-1

人間ブッダから始まる三世代を描いた衝撃のデビュー作「肝心の子供」と、芥川賞候補作「眼と太陽」に加え、保坂和志氏との対談を収録。芥川賞作家・磯﨑憲一郎の誕生の瞬間がこの一冊に！

世紀の発見

磯﨑憲一郎　41151-4

幼少の頃に見た対岸を走る「黒くて巨大な機関車」、「マグロのような大きさの鯉」、そしてある日を境に消えてしまった友人A——芥川賞＆ドゥマゴ文学賞作家が小説に内在する無限の可能性を示した傑作！

一人の哀しみは世界の終わりに匹敵する

鹿島田真希　41177-4

「天・地・チョコレート」「この世の果てでのキャンプ」「エデンの娼婦」——楽園を追われた子供たちが辿る魂の放浪とは？　津島佑子氏絶賛の奇蹟をめぐる５つの聖なる愚者の物語。

黒死館殺人事件

小栗虫太郎　40905-4

黒死館を襲った血腥い連続殺人事件の謎に、刑事弁護士法水麟太郎がエンサイクロペディックな学識を駆使して挑む。本邦三大ミステリの一つ、悪魔学と神秘科学の一大ペダントリー。

問題のあるレストラン　1

坂元裕二　41355-6

男社会でポンコツ女のレッテルを貼られた７人の女たち。男に勝負を挑むため、裏原宿でビストロを立ち上げた彼女たちはどん底から這い上がれるか⁉　フジテレビ系で放送中の人気ドラマ脚本を文庫に！

問題のあるレストラン　2

坂元裕二　41366-2

男社会で傷ついた女たちが始めたビストロは、各々が抱える問題を共に乗り越えるうち軌道にのり始める。そして遂に最大の敵との直接対決の時を迎えて……。フジテレビ系で放送された人気ドラマのシナリオ！

島田雅彦芥川賞落選作全集　上

島田雅彦　41222-1

芥川賞最多落選者にして現・選考委員島田雅彦の華麗なる落選の軌跡にして初期傑作集。上巻には「優しいサヨクのための嬉遊曲」「亡命旅行者は叫び呟く」「夢遊王国のための音楽」を収録。

島田雅彦芥川賞落選作全集　下

島田雅彦　41223-8

芥川賞最多落選者にして現・芥川賞選考委員島田雅彦の華麗なる落選の軌跡にして初期傑作集。下巻には「僕は模造人間」「ドンナ・アンナ」「未確認尾行物体」を収録。

引き出しの中のラブレター

新堂冬樹　41089-0

ラジオパーソナリティの真生のもとへ届いた、一通の手紙。それは絶縁し、仲直りをする前に他界した父が彼女に宛てて書いた手紙だった。大ベストセラー『忘れ雪』の著者が贈る、最高の感動作！

野ブタ。をプロデュース

白岩玄　40927-6

舞台は教室。プロデューサーは俺。イジメられっ子は、人気者になれるのか?!　テレビドラマでも話題になった、あの学校青春小説を文庫化。六十八万部の大ベストセラーの第四十一回文藝賞受賞作。

琉璃玉の耳輪

津原泰水　尾崎翠〔原案〕　41229-0

３人の娘を探して下さい。手掛かりは、琉璃玉の耳輪を嵌めています——女探偵・岡田明子のもとへ迷い込んだ、奇妙な依頼。原案・尾崎翠、小説・津原泰水。幻の探偵小説がついに刊行！

11　eleven

津原泰水　41284-9

単行本刊行時、各メディアで話題沸騰＆ジャンルを超えた絶賛の声が相次いだ、津原泰水の最高傑作が遂に待望の文庫化！　第２回Twitter文学賞受賞作！

リレキショ

中村航　40759-3

“姉さん”に拾われて“半沢良”になった僕。ある日届いた一通の招待状をきっかけに、いつもと少しだけ違う世界がひっそりと動き出す。第三十九回文藝賞受賞作。

夏休み

中村航　40801-9

吉田くんの家出がきっかけで訪れた二組のカップルの危機。僕らのひと夏の旅が辿り着いた場所は——キュートで爽やか、じんわり心にしみる物語。『100回泣くこと』の著者による超人気作。

銃

中村文則 41166-8

昨日、私は拳銃を拾った。これ程美しいものを、他に知らない——いま最も注目されている作家・中村文則のデビュー作が装いも新たについに河出文庫で登場！　単行本未収録小説「火」も併録。

掏摸（スリ）

中村文則 41210-8

天才スリ師に課せられた、あまりに不条理な仕事……失敗すれば、お前を殺す。逃げれば、お前が親しくしている女と子供を殺す。綾野剛氏絶賛！大江賞を受賞し各国で翻訳されたベストセラーが文庫化。

走ル

羽田圭介 41047-0

授業をさぼってなんとなく自転車で北へ走りはじめ、福島、山形、秋田、青森へ……友人や学校、つきあい始めた彼女にも伝えそびれたまま旅は続く。二十一世紀日本版『オン・ザ・ロード』と激賞された話題作！

最後のトリック

深水黎一郎 41318-1

ラストに驚愕！　犯人はこの本の《読者全員》！　アイディア料は２億円。スランプ中の作家に、謎の男が「命と引き換えにしても惜しくない」と切実に訴えた、ミステリー界究極のトリックとは⁉

花窗玻璃（はなまどはり）　天使たちの殺意

深水黎一郎 41405-8

仏・ランス大聖堂から男が転落、地上80ｍの塔は密室で警察は自殺と断定。だが半年後、再び死体が！　鍵は教会内の有名なステンドグラス…。これぞミステリー！　『最後のトリック』著者の文庫最新作。

カツラ美容室別室

山崎ナオコーラ 41044-9

こんな感じは、恋の始まりに似ている。しかし、きっと、実際は違う——カツラをかぶった店長・桂孝蔵の美容院で出会った、淳之介とエリの恋と友情、そして様々な人々の交流を描く、各紙誌絶賛の話題作。

人のセックスを笑うな

山崎ナオコーラ　40814-9

十九歳のオレと三十九歳のユリ。恋とも愛ともつかぬいとしさが、オレを駆り立てた——「思わず嫉妬したくなる程の才能」と選考委員に絶賛された、せつなさ百パーセントの恋愛小説。第四十一回文藝賞受賞作。映画化。

寿フォーエバー

山本幸久　41313-6

時代遅れの結婚式場で他人の幸せのために働く靖子の毎日は、カップルの破局の危機や近隣のライバル店のことなど難題続きで……結婚式の舞台裏を描く、笑いあり涙ありのハッピーお仕事小説！

ハル、ハル、ハル

古川日出男　41030-2

「この物語は全ての物語の続篇だ」——暴走する世界、疾走する少年と少女。三人のハルよ、世界を乗っ取れ！　乱暴で純粋な人間たちの圧倒的な“いま”を描き、話題沸騰となった著者代表作。成海璃子推薦！

美女と野球

リリー・フランキー　40762-3

小説、イラスト、写真、マンガ、俳優と、ジャンルを超えて活躍する著者の最高傑作と名高い、コク深くて笑いに満ちた、愛と哀しみのエッセイ集。「とっても思い入れのある本です」——リリー・フランキー

蹴りたい背中

綿矢りさ　40841-5

ハツとにな川はクラスの余り者同士。ある日ハツは、オリチャンというモデルのファンである彼の部屋に招待されるが……文学史上の事件となった百二十七万部のベストセラー、史上最年少十九歳での芥川賞受賞作。

夢を与える

綿矢りさ　41178-1

その時、私の人生が崩れていく爆音が聞こえた——チャイルドモデルだった美しい少女・夕子。彼女は、母の念願通り大手事務所に入り、ついにブレイクするのだが。夕子の栄光と失墜の果てを描く初の長編。